KB018975

원하고 바라옵건대

# 원하고 바라옵건대

김보영

이수현

위래

김주영

이산화

# 산군의 계절

김보영

왕이 남옥저로 달아나 죽령에 이르렀는데, 군사들은 흩어져 거의 다 없어지고, 오직 동부 밀우(密友)만이 홀로 옆을 지키고 있다가 왕에게 말하기를, "지금 추격해 오는 적병이 가까이 닥쳐오니, 이 형세를 벗어날 수 없습니다. 청컨대 신이 결사적으로 막을 것이니 왕께서는 달아나소서"라고 하였다.

—《삼국사기》〈고구려본기〉 동천왕 20년(246)

*

쑥과 마늘을 먹고 사람이 된 곰의 후손답게 이놈들은 먹는 데 진심이다. 고봉밥으로 식사하는 와중에 반주라며 술을 마시다가 안주라며 고기를 굽고, 고기 기름기를 잡는답시고 쌈으로 싸고, 쌈에 감칠맛이 부족하다며 장에 버무린 나물을 종류별로 넣어 먹다가는 입가심을 한답시고 과일을 산더미처럼 먹다가 어이쿠, 다음 끼니때가 왔네, 하고 또 밥을 짓는다. 마늘은 또 어찌나 좋아하는지, 국이든 고기든 나물이든 마늘을 한 주먹씩 버무려야 시원하다는 놈들이다. 마을 주민들은 벌써 신목(神木)을 둘러싸고 사흘 밤낮을 먹고 마시고 있다. 간만의 풍년이기도 했다. 그리 넉넉한 땅은 아니다 보니 먹을 수 있을 때 먹어야 한다는 것이 신조가 된 놈들이다.

오늘이 잔칫날은 아니다. 그 반대다. 고을에서 가장 존경받던 어르신이 임종했다. 그러자 마을 놈들은 "뒤에 남은 사람들이 슬퍼하고 앉아 있으면 착하신 어르신께서 걱정되어 어찌 편히 가시겠는가! 신명 나게 노는 모습을 보여 드리세!" 하고 사흘째 굿판을 벌이는 중이다. 미친 놈들이다.

오늘의 주역인 맥적(貊炙), 장에 절인 통멧돼지가 내 눈앞에서 육즙을 뚝뚝 흘리며 장작불 위에서 돌아간다. 돼지기름이 나무에 줄줄 떨어지는 통에 모닥불은 사위지 않고 탄다. 왕의 10월 사냥을 수행하는 동네 활잡이가 좋은 날이라고, 뭐가 좋은 날인지 모르겠지만, 아무튼 산을 헤집어 잡아 온 것이다. 저 구석에는 서둘러 발효해 마시는 삼일주를 빚을 누룩이며 구멍떡도 푸짐하게 찌고 있다.

나도 엊저녁부터 잔치 한가운데서 배 터지게 얻어먹는 중이다. 물론 내가 배가 불러야 위험하지 않다는 마을 장로의 판단에서겠지만. 이 곰의 후예들은 배가 남산만 하게 부른 짐승을 계속 먹여 대니 죽을 노릇이다. 더 미칠 노릇은 내 젖을 물고 놓아주지 않는 이 환장할 갓난아기다.

'으악, 으악' 하고 비명이 나올 만큼 젖꼭지를 기운차게 빨아 대다가, 배불러 자는가 싶어 슬금슬금 도망치려 하면 어느새 눈을 번뜩 뜨고는 양손 양발로 젖을 꾸욱, 꾹 눌러 가며 쥐어짜서 기어코 한 방울이라도 더 뽑아내는 것이다. 빠는 기세가 무슨 바람신

풍백(風伯)이 강풍을 흡입하는 듯하고, 강신 하백(河伯)이 물줄기를 들이마시는 듯하다. 끄윽, 끄윽, 낮은 신음을 하다 어처구니가 없어 도로 풀썩 누우면 소매춤 추며 지나던 아낙 무리가 "어머, 애 먹이려면 유모가 든든하게 먹어야지" 하고 큼지막한 고깃덩이를 입에 턱 하니 물려 주고 간다. 똥개 취급도 이런 똥개 취급이 없다. 이게 무슨 꼴이란 말인가. 명색이 산신 중의 산신이라는 이 산군(山君), 밀우(密友)가 말이다.

내가 이 꼴이 된 까닭을 설명하자면 한 해 전으로 거슬러 올라간다.

겨울도 가고 봄도 벌써 지났건만 산야는 여태 눈으로 덮여 있었다. 산은 들보다 여름이 한 달 늦다지만 들녘도 사정이 비슷했다. 낮에 잠시 해가 나다가도 밤이면 서리가 내려 기껏 새벽에 싹을 틔운 작물이 얼어 죽곤 했다. 몇 년째 한파라 대륙에서도 굶주림을 견디다 못한 농민들이 황건(黃巾)을 머리에 두르고 봉기해 나라마저 무너진 해다.

초목이 열매를 맺지 않으니 내 먹잇감들도 영 눈에 띄지 않았다. 한 해에 네다섯 번은 새끼를 까는 생쥐와 토끼마저도 씨가 말랐다. 그날도 꼬르륵거리는 배를 부여잡고 어디 얼어 죽은 다람쥐라도 없나 산을 뒤지던 참이었다. 그러던 중 소나무 숲 기슭에 웬 우렁찬 울음소리가 들리지 않았겠는가. 다가가 보니 포대기에 싸인 한 인간 아기가 큰 소나무 아래서 울고 있었다.

대충 짐작이 갔다. 키울 여력은 없는데 애는 생겨 버렸으니, 젖 뗄 때까지만 데리고 있다가 어른 밥 빼앗아 먹기 전에 나 같은 산신에게라도 제물로 바쳐, 집안의 안녕이나마 기원하려는

것이겠지. 포대기나마 베틀로 잘 짠 천에 예쁘게 수도 놓은 것이,
부모가 그나마 아이의 성불을 기원하는 마음이 느껴졌다. 갓 난
것이라 야들야들한 것이 보기만 해도 군침이 꼴딱꼴딱 넘어갔다.
인간은 이보다 크면 통뼈는 굵고 잔뼈는 많아 발라낼 살도 없어
입맛만 버린다.

　그냥 그 자리에서 한입에 꿀떡 삼켰으면 되었을 것을, 간만에 본
먹거리라 최대한 맛있게 먹을 궁리를 하느라, 퍼질러 앉아 포대기를
이빨로 살살 벗기고 머리털이며 몸에 묻은 땟국물을 혀로 날름날름
핥은 것이 화근이었다.

　내가 애를 공들여 핥으며 입맛을 다시다 살펴보니, 어린것이 큰
눈을 똘망똘망 뜨고 나를 쳐다보고 있었다. 마침 나도 혀에 찌르르
감도는 감칠맛에 황홀해하던 참이었는데, 애도 내 따끈한 혀가 닿는
것이 기분 좋은지 배시시 웃었다. 그러거나 말거나, 나는 성찬을
상상하며 아가의 뺨이며 궁둥짝에서 발가락 때까지 열심히 씻겨
주었다.

　그런데 이놈이 불현듯 내 턱수염을 콱 부여잡더니 암벽 타듯이
내 턱에 매달리고는 가슴께로 꼬물꼬물 기어가는 것이 아닌가.

　"이것아, 먹을 것이면 먹을 것답게 가만있거라."

　내가 아기를 텁석 물어 옮기려는데, 이놈이 귀찮다는 듯
내 콧잔등을 발로 콱 차더니 털을 꽉꽉 잡아채며 등짝을 돌아
가슴팍으로 기어갔다. 아기가 내 가슴에 양손 양발로 매달려 자리를
잡자 불길한 예감이 뇌리를 스쳤다. 놈이 돌연 혀로 내 통통한
젖꼭지를 날름 핥더니만, 입을 쩍 벌리고 꽉 물더니 쭈욱 빨기
시작하는 것이 아닌가.

　나는 으캬하악 소리를 지르며 애를 떨쳐 내려고 눈밭에서

몇 바퀴를 굴렀다. 그런데 뭔 놈의 인간 아기가 손힘이 얼마나 센지, 매미처럼 찰싹 달라붙어 떨어지지 않았다. 빠는 힘은 또 어찌나 센지, 마른 젖꼭지에서 젖이 핑 터지며 젖 줄기가 쭉쭉 빨려 들어가는데, 내장이 통째로 다 뽑히는 것 같았다. 내가 그날 어찌나 소란을 피우며 사방팔방 뛰어다녔는지, 나중에 듣자니 산신들이 내가 산군 자리를 놓고 결투라도 벌인 줄 알았다더라.

애가 딱 고개도 발도 안 닿는 곳에 자리 잡은 데다, 몸을 배배 꼬아 요놈, 잡았다 싶으면 귀신같이 등짝으로 피하고, 꼬리로 팡팡 두들기노라면 이로 꽉 물어 버리는 것이다. 그렇게 한 시진을 버둥대다 지쳐 다 포기하고 늘어져 아기가 제풀에 떨어지기를 기다렸는데, 이놈은 배를 다 채우더니 아예 털을 손발가락에 칭칭 감고 달라붙은 채로 잠들어 버리는 것이다.

나는 꼴사납게 온종일 아기를 배에 매달고 돌아다녀야 했고, 애가 깨어나 젖을 빨면 또 아파서 버둥거렸다. 배는 고파 죽을 지경인데 기력마저 애한테 다 빨리니 그야말로 움직일 기운도 없었다.

며칠 새 애는 살이 통통하게 올랐고 나는 헬쑥하니 말라 갔다. 그렇게 애한테 꼼짝없이 붙들려 동굴에 늘어져 있자니 온 동네 산신들이 몰려와 구경하고 갔다. 미리 말해 두지만, 이 나라 산신은 열에 아홉은 범이다.

"산군님, 식사 안 하시고 뭐 하십니까? 키워서 드시려고요?"

"아이고, 유모 다 되셨네. 고놈 토실토실 떡두꺼비 같은 것이 아주 맛있게 잘 크겠습니다."

창피해서 못 살 노릇이었다. 그렇다고 명색이 산군인 내가 인간 애 하나 한입에 턱 못 삼키고 휘둘린다는 말은 차마 못 할 노릇이라,

어린것이 산에 버려져 우는 꼴이 불쌍해서 젖 먹이고 있노라고
짐짓 둘러대고 나니, 정말로 애가 간신히 떨어져서 동굴에 굴러다닐
무렵에는 먹을 명분이 없어지고 말았다.

나는 풀이 죽어 사흘 전보다 더 주린 배를 끌어안고는 애를 마을
어귀에 내려놓고 시무룩하게 산으로 돌아왔다.

다음 날, 늘 다니던 길을 어슬렁거리던 나는 혼비백산했다.
고스란히 그 자리에, 바로 그 아기가 새 포대기에 싸여 엄지를
쪼옥쪼옥 빨면서 댕그란 눈을 말똥말똥 뜨고 있는 것이 아닌가.
더해서 옆 동네 산신 추이(酋耳) 놈이 잘 먹겠습니다, 하고 아기를
한입에 삼키려는 찰나였다. 나는 건너 산천까지 다 흔들리도록
울부짖으며 추이에게 달려들었다. 나중에 산신들이 "산군 결투를
사흘에 걸쳐 두 번 하셨습니까?" 하고 어리둥절해했다.

"아이고, 누님, 왜 이러십니까. 먹기 싫어서 버리신 것
아니셨습니까."

"내가 먹기 싫어 버렸지, 네놈 먹으라고 버린 줄 아느냐!"

추이가 원 여편네, 천년을 살더니 성질머리만 늘어서는, 하며
투덜거리며 떠나고, 내가 산마루에서 우아하게 승리의 포효를 하는
것도 잠시, 또 애한테 붙들려 젖을 쭉쭉 빨리고 만 것이다.

못 살 노릇이었다. 이렇게 그 집에서 계속 애를 버려 대면 줄곧
망신살일 것이 뻔해서, 나는 그만 근 백 년은 안 하던 짓을 하고
말았다.

나는 벌건 대낮에 마을로 내려갔다. 애를 포대기에 싼 채 입에
물고는 위풍당당하게 대로 한가운데를 지나, 마을 한가운데 신목
우묵한 가지에 아기를 다소곳이 올려놓고는 애를 또 버리면 경을
칠 것이라고 단단히 엄포를 하고 돌아온 것이다. 물론 사람들에게야

산군의 계절

카르릉 카오 크아 정도로 들렸겠지만.

솔직히 등골이 오싹한 짓이었다. 인간은 이제 예전 같지 않다. 숫자도 많고 머리도 좋아졌다. 철을 제련하게 된 이후로는 무기도 예리해졌다. 무엇보다 다들 저 밉살맞은 신궁 주몽의 후예라 시골 아낙네에서부터 코흘리개까지 하나같이 활 귀신이다. 어른이고 아이고 남자고 여자고 귀족이고 평민이고 매일 활을 쏘고, 해 질 녘이면 돌팔매질 놀이를 하고, 글을 읽다가도 자다가도 놀다가도 먹다가도 '좀 쉴까' 하며 짚단에 화살을 쏘아 대는 놈들이다. 주몽이 어떤 놈이었느냐, 실에 옥가락지를 매달아 바람에 흔들리는 가락지 중앙을 꿰고, 실에 돌을 매달아 그 실을 둘로 가르고, 노루 배꼽 옆에 점을 찍으면 점 한가운데를 꿰는 돌은 놈이었다. 그 기술을 고스란히 전수받은 놈들이 떼로 몰려들면 산군인 나라도 당해 낼 도리가 없다.

한 바퀴 마을 순회를 돌고 오니 몸이 식은땀으로 푹 젖고 털도 축 늘어졌다. 산신들이, "오오, 산군 밀우 님, 역시 호탕하십니다" "과연 호걸이셔요" 하고 찬사하는데 나는 기 다 빨려서 그대로 드러누워 사흘을 앓았다.

아무튼 그렇게 팔자에 없던 신령한 공연도 벌여 주고 나니, 그제야 마을에서도 산신이 지켜 주는 아이라며 젖 나눔도 해 주며 돌아가며 키우기 시작한 모양이었다. 그래도 안심이 안 되어 간혹 이렇게 내려와 젖을 물리고 가다 보니, 이제 마을에서도 내가 솔찬히 친근해졌는지 오늘처럼 축제에 어울려 놀게까지 해 주는 것이다.

"마을 장로께서 아이 이름을 후녀로 지어 주었습니다. 산신님."

내 입에 고수레, 하며 뜨끈한 고기를 물려 주던 아낙이 내 젖을 물고 잠든 아기 머리를 쓰다듬으며 말했다.

"왕후처럼 귀한 아이라는 뜻입니다. 산신께서 돌봐 주시는 아이니 얼마나 잘 자라겠습니까."

후녀라, 그 이름을 듣고 나는 끌끌 혀를 찼다. 아무튼 인간들은 덕담이랍시고 남자애한테는 왕이 돼라고 하고, 여자애한테는 왕후가 돼라 한다. 그게 무슨 좋은 소리라고. 애초에 고구려는 젊은 나라다. 왕권도 아직 부실하거니와 흉년이 들면 왕의 목을 치는 부여의 전통도 어렴풋하게나마 전해지는 나라다. 백성을 배불리 먹이지 못하는 왕은 죽이거나 끌어내려도 좋다는 생각이 이 나라 백성에게 암암리에 자리 잡고 있다. 저 주몽 이래로 제명에 죽은 왕과 왕후가 몇이나 될까.

나는 아기의 배에 코를 묻고 킁킁 살내를 맡으며 속삭였다.

"꼬맹아. 쓸데없는 소리 귀담아듣지 말거라. 너는 죽을 것을 내가 살렸으니 그저 오래오래 건강하게만 살거라. 어이쿠, 그렇지. 그렇지."


두 해가 지난 봄날이었다. 맥족은 매년 3월 셋째 날에는 산신들께 산천제를 지내는데, 그달 보름이었다.

낮처럼 환한 밤, 나는 산봉우리를 훌훌 타 넘어 산신각으로 향했다. 고구려는 산에 자리한 나라다. 주몽이 세운 오녀산성만 해도 드높은 산꼭대기에 쌓았다. 백성들이 보기에는 성이 구름 위에 두둥실 떠 있는 것처럼 보였으리라. 이 나라는 궁성이든 한산한 시골 마을이든, 산을 거치면 이르지 못할 곳이 없다. 그러므로 산신의 나라며, 산신이 비호하는 나라다. 저 대륙국이 이 나라까지 이르지 못한 것도 산세의 힘이며, 우리 산신의 힘이다.

내가 나무를 훌훌 넘으며 산신각에 이르자, 피처럼 붉은 옷을 입은 여인이 달처럼 환한 등을 밝힌 채 산신각 앞에 정화수를 올리고

홀로 제를 지내고 있었다. 돌계단 아래로는 수행원들이 지키고
있으나 사당에는 여인 혼자였다. 아래로는 깎아지른 절벽이며
위로는 암벽으로 둘러싸인 고립된 지형이라, 수행원들도 여인이
방해받지 않고 제를 지내도록 멀찍이 물러나 입구만 지키는 것이다.
이 험준한 산신각에 올 수 있는 자는 나 같은 산신뿐이다.

　여인은 치성을 드리고 고개를 들다가 기와지붕에 눈이 멎었다.
그대로 오도카니 바라보았다. 그럴 법도 하지. 어흠, 내 자랑은
아니지만, 천년을 살다 보니 내 털빛은 눈처럼 새하얗게 세어
달 밝은 밤이면 흰 불을 붙인 듯 찬연하게 빛난다. 마침 오늘이
보름이라 달이 휘영청 밝으니, 꼭 내 뒤통수에 후광이 비치는 것처럼
보일 것이다. 내가 보름을 즐기는 이유다. 나는 팔다리를 접어 몸
아래 말아 넣고 풀이 성성한 기와지붕에 엎드려 애정 어린 눈으로
여인을 내려다보았다.

　이 나라의 왕후, 우은현, 내가 아기 때부터 봐 온 아이. 소서노의
딸로부터 이어지는 모계 자손이다. 소서노와 눈매가 똑 닮았고,
그만큼 강단 있고 영민한 아이다. 사내로 태어났으면 남무 대신 왕이
되었을 것이고 호랑이로 태어났으면 나 대신 산군이 되었으리라.
불알로 왕을 정하는 기이한 인간의 풍습이 안타깝기는 하지만,
소서노의 후손 중 사내에게는 아무 권한도 주어지지 않는 것을
생각하면 여자로 태어난 것이 다행일지 모른다.

　"고구려의 왕후가 영험하신 산군께 인사 올립니다."

　왕후가 주름치마를 살포시 들어 반절을 올렸다. 언제부터인가
매해 같은 달 보름이면 만나는 사이라 놀라지 않는다. 물론 왕후는
나를 처음 보았을 때도 놀라지 않았다. 제 큰 운명에 합당한 계시가
찾아온 줄을 알아보았다.

"제 사촌들이 재차 난을 도모하였으나 이번에도 실패하고
말았습니다."

왕후가 쓴웃음을 지으며 말했다.

"때가 아니라고 했는데도 젊은 혈기에 말을 듣지 않더군요.
왕은 계획을 사전에 알고도 일부러 명분을 만들려 막지 않았습니다.
소탕을 끝낸 왕은 대놓고 5부의 인물을 등용하지 않겠다고
선포했습니다. 5부의 이름마저 동부니, 서부니 하는 식으로
개편하려 들더군요."

산신각 처마에 달아 둔 등에 날벌레와 나방이 꼬여 맴돌았다.
치맛자락을 꾹 움켜쥔 왕후의 손이 파르르 떨렸다.

"출신 성분이 없는 자야말로 진정으로 나라를 다스릴 자격이
있다는 해괴한 소리를 하며 굳이 촌구석에서 연고도 없는 농사꾼을
물색해 국상의 자리에 앉히더군요."

나라에 소문이 파다하여 익히 아는 사실이었다. 발탁된 자는
유리왕 때 공신 을소의 자손이라지만, 하는 말이지, 그런 촌부의
출신을 누가 알겠는가.

"다들 나부 체제는 끝났다고 수군댑니다. 저 대륙처럼 홀로
군림하는 왕만이 오롯이 남으리라고요."

왕후는 노기를 질끈 씹으며 치를 떨었다. 비장한 결의에 찬 눈이
달빛에 반짝였다.

"허튼소리! 고구려는 5부의 견제와 협력 속에 번성한
나라입니다. 이 나라의 왕은 언제나 제가회의의 추대를 받는 인망
높고 현명한 자가 되었습니다. 난폭하거나 어리석은 자는 가차 없이
퇴출되었습니다. 그것이 대고구려의 힘입니다. 왕 하나에 의지하던
대륙이 저토록 도탄에 빠진 것을 보고도, 큰 나라의 전통 같은 기개

없는 소리를 해 대니 속이 문드러집니다. 대륙보다 이 나라의 백성이 배불리 먹습니다."

왕후가 나지막이 한숨을 쉬고, 진정한 뒤 환한 미소를 지으며 나를 응시했다.

"연나부(椽那部)를 수호하시는 영험한 산군이시여."

나는 수긍하는 표시로 낮게 가르릉거렸다.

"저 사내놈들이 제아무리 천신의 자손입네, 수신의 외손자입네 허세를 부려도 그놈들은 여자의 배를 빌리지 않고서는 어떤 자손도 세상에 내놓지 못합니다."

왕후는 제 배를 부드럽게 쓰다듬었다. 불굴의 무기를 매만지듯이.

"왕은 내 아이 외에는 누구도 왕위에 올리지 못합니다."

왕후의 말대로다. 이 나라에서는 연나부의 여인만이 왕후가 된다. 연나부의 여인에게서 난 아이만이 태자가 된다. 그것이 긴 세월 연나가 지켜 온 이면의 왕좌였다. 이 나라, 고구려는 왕의 계보와 왕비의 계보가 같이 이어지는 나라다. 저 소서노의 딸에서 이어지는 모계 후예와, 대무신왕의 부인과 함께 부여에서 이주해 온 갈사왕의 가문을 비롯하여, 왕후의 가문이 연합한 나부.

애초에 이 나라는 주몽의 것이 아니었다. 소서노의 나라다. 5부의 수장들이 북부여인지 부여인지에서 온 출신 성분도 모를 뜨내기 주몽에게 순순히 나라를 넘긴 것은, 어차피 다음 왕은 소서노와 우태의 아이인 온조나 비류가 될 줄 알았기 때문이었다. 그 뻔뻔스러운 찬탈자 놈이 부여에서 날아온 제 씨인지도 확인할 바 없는 유리에게 왕위를 덜컥 넘겨 버릴 줄은 나도 몰랐다.

하지만 연나는 개울처럼 은은하게, 산처럼 우직하게 작업했다.

우은현의 말대로, 아이는 사내 혼자 만드는 것이 아니다. 연나는 매번 가장 훌륭한 여인을 왕비로 발탁하는 것으로 왕비가의 지위를 공고히 했다. 그렇게 여러 대에 걸쳐 착실하게 왕가에 소서노의 피를 심고 주몽의 피를 희석해 왔다. 2백여 년에 걸친 조용한 혈통의 전쟁이었다.

우은현의 형형한 눈이 불꽃처럼 활활 타올랐다. 왕후는 제 친족이 어처구니없이 반역죄로 몰려 하나하나 살해되는 모습을 눈물 한 방울 안 흘리며 지켜보았다. 그 어린 몸으로 얼마나 많은 나날을 복수심으로 불태웠을까.

"왕은 결코 태자를 갖지 못합니다. 찬탈자 주몽의 대는 제가 일생 아이를 낳지 않는 것으로 영영 끊길 것입니다."

왕후가 결연히 말했다.

"이 나라는 내 대에서 원래의 주인인 소서노에게 돌아올 것입니다. 제 배를 닫는 것으로 찬탈과 수모의 역사를 끝낼 것입니다. 내 귀한 백성의 피 한 방울 흘리지 않고, 내 땅의 풀 한 포기, 나무 한 그루, 작은 짐승 하나 다치지 않고."

아아, 내 사랑스러운 아이, 소서노의 재림과도 같은 여인.

"산군이시여, 나 우은현을 지켜봐 주소서."

그때 산 아래에서 달빛에 비친 내 모습을 보고 놀라 올라오는 이들이 있어, 나는 곧 구름처럼 모습을 감추었다.

그래, 우은현, 네가 해낼 줄은 안다. 하지만 나도 지켜보기만 하지는 않을 것이다. 지금까지 그랬듯이.

내가 이 땅에서 너희를 지켜본 지 천년이 지났다. 졸본부여와 비류국, 옥저와 낙랑의 흥망성쇠를 다 보았다. 하지만 내가 누구보다도 사랑했던 인간은 소서노였다. 그녀가 뜨내기 주몽에게 나라를 빼앗기고, 말없이 아들들을 데리고 남하해 백제를 세울 때도 나는 함께했었다.

연나부가 저 폭군 모본왕을 끌어내릴 때도, 차대왕을 끌어내릴 때도 그 옆에 있었다. 때로는 싹수가 위험한 것들을 물어 죽여 나 스스로에게 제물로 바쳐 왔고, 왕가에는 연나부 여인의 아이를 태자로 삼지 않은 산신의 저주라는 소문이 돌게 했다. 곧이곧대로 사실이다.

연나의 명림답부가 차대왕을 끌어내렸을 때, 나는 이 혈통의 전쟁이 다 끝난 줄 알았다. 그때 아예 주몽의 피를 끊어 버렸으면 좋았을 것을, 명림답부는 때가 아니라고 생각했는지 산골에 숨어 살던 선왕의 동생을 왕위에 올렸다. 조용하고 문약한 노인이었다. 제힘으로 왕위에 오른 것도 아니니 고분고분 말을 잘 들을 줄 알았지. 놈이 연나의 아이인 첫째가 아니라 어미의 출신 성분도 모르는 둘째 남무에게 왕위를 덜컥 물려줄 줄은 또 누가 알았겠는가.

주몽의 자손도, 똑같이 연나의 피를 희석하려 들기 시작했다는 뜻이겠지. 하지만 이미 너희의 몸에는 연나의 피가 반이다. 반면 연나의 모계 후손에게는 주몽의 피가 흐르지 않으니, 너희의 피가 희석되는 것은 필연이다. 시간은 우리의 편이다.

그래, 주몽의 나라는 곧 끝난다. 바로 이 대에서, 차근차근, 소리 없이, 전쟁도 찬탈도 없이. 나와 우은현의 손으로.

나는 집으로 돌아가는 길에 후녀를 마지막으로 볼 생각으로 산자락 고을에 들렀다.

후녀는 이제 이도 조롱조롱 났고 젖도 다 뗐다. 이만큼 돌보았으면 그만 무난한 인간의 삶을 기원하며 떠나야겠지. 인간이

산신과 친해져 보았자 한때다. 인간이 산신의 식사감이고 너희도
산신을 사냥해 먹는 이상.

촌락에 이르니 저녁때라 곡식 찌는 내음이 그윽했다. 산그늘
아래 초가집과 움집 사이로 둔덕 같은 무덤이 늘어서 있다.

좀 산다는 마을이면 모습이 다 이러하다. 타국에서 온 이들은
마을 어귀에 이르렀다가도 공동묘지인 줄 알고 어리둥절해하며
돌아가기도 한다. 맥족은 제 뜨락에 텃밭을 꾸리는 대신 무덤을
짓는다. 가족이 죽으면 집 가까이에 무덤을 짓고 살아 있을 때처럼
오가며 지낸다. 죽은 이에게 양지바른 땅을 양보하고 산 가족이
도리어 한데서 잔다.

산신은 천년을 살기에 죽음의 무상함을 알며 짐승은 짧은 생을
살기에 헛된 상념 없이 살지만, 인간은 어느 쪽에도 이르지 못했다.
삶의 소멸을 이해하지 못해 도리어 죽음을 끌어안고 산다. 어이없을
만치 쉽게도 죽음을 입에 달고 살다 숨결처럼 가벼이 목숨을
내어놓는다.

그것도 좋은 태도일지도 모르지. 우리는 어차피 다 죽는다. 나도
마찬가지다. 천년을 살았어도 오늘 죽을지 모른다. 내가 고작 한
끼 배를 채우려 인간 하나를 우적우적 씹어 삼키듯이, 나도 언제든
인간의 끼닛거리로 하루아침에 사라질 수도 있는 것이다. 삶은
집착하면 고단하기만 하니, 너희처럼 죽음을 품에 안고 사는 편이 속
편할지 모르지.

나는 달이 서산에 넘어간 사이 무덤 그늘에 숨어 살금살금
후녀네 집에 다가가 기웃거렸다. 물론 후녀는 이 집 저 집 전전하는
처지라 잠시 머무는 집일 뿐이었으나.

창으로 고개를 빼꼼 들이밀어 보니 후녀는 통통한 배를 드러내

산군의 계절

놓고 쪽구들에 몸을 따끈따끈 지지며 자고 있었다. 부뚜막에 흙과 돌을 다져 올리고, 방을 반 바퀴 돌게 만들어 뜨끈한 온기가 집에 돌도록 지은 쪽온돌이다. 아이는 토기에 찌고 있는 채 익지도 않은 보리를 벌써 한 움큼 입에 집어넣은 듯, 입가에 낟알이 묻어 있었다.

아이가 침까지 흘리며 달게 자는 모습을 보자니 기분이 좋아 절로 꼬리가 파르르 섰다. 그래, 내가 그간 먹어 치운 돼지도 고라니도 다람쥐도, 다 살려 주었으면 의젓하게 자랐겠지. 그래도 하고많은 끼니 중에 너를 먹지 않고 살려서 좋구나.

나는 창으로 얼굴을 집어넣었다. 비좁은 구멍으로 상체가 쑤욱 들어갔다. 사람들은 산신의 변신술인 줄 알지만 그저 고양잇과의 유연함이다. 나는 흐뭇한 김에 아이의 배를 날름 핥았다. 아이가 간지러운지 까르륵 웃었다. 아….

꿀맛이었다. 처음 만났을 때보다 오동통하게 살이 오른 것이, 살집도 적당히 질깃해진 데다, 마침맞게 구들장에 따끈하게 구워져 야들야들하게 녹아 있다. 감칠맛 도는 내음이 코끝에 향긋했다. 반쯤 정신이 까무룩 나갔다 돌아와 보니 나는 벌써 아이를 반쯤 혀로 말고 있었다.

으아까울으아악, 털이 다 일어났다. 나는 내 위장에 진절머리를 내었다. 자, 정말로 이 배고픈 짐승은 널 떠날 때가 되었다. 잘 있어라, 하며 아기를 도로 구들에 내려놓으려는데, 애가 나오지 않았다. 퉤퉤 뱉어도 보고, 고개도 흔들어 보고, 설마 벌써 삼켜 버렸나 섬뜩 놀라는데, 아이가 입 안에서 두 손으로 내 송곳니를 부여잡은 채 눈을 또랑또랑 뜨고 나를 마주 보는 것이 아닌가.

식은땀이 줄줄 흘렀다. 나는 고릉고릉 자장가 소리를 내며 조심조심 혀로 아이를 밀어 내려놓으려 했다. 그런데 이놈의 녀석이 까르륵 웃더니만, 내 혀를 두 다리로 꽉 앙다무는 것이었다.

끄아아아악. 나는 나도 모르게 닫히려는 입을 필사적으로 열고 파들파들 떨었다. 퍼뜩 정신을 차리고 보니 후녀가 내 몸을 타고 적의 주둔지를 노리는 장군처럼 기운차게 전진하고 있었다. 방향을 보니 또 내 젖꼭지다.

"아이고, 이것아! 너 호랑이면 벌써 네가 애 낳고 젖 물릴 나이야! 애초에 명색이 내가 널 먹어야지, 왜 네가 날 처먹고 있느냐고!"

그때 코끝에 진한 악취가 풍겼다. 나는 털이 사르륵 서서 숨을 훅 들이켰다. 살의의 냄새였다. 허기로 사냥할 때와는 달리, 순수하게 목숨만을 노리는 질척한 살의. 생물이 그런 살의를 품으면 체온이 오르고 땀이 증발하며, 머리는 달아오르고 내장은 식어 꿉꿉한 체취를 풍긴다. 살의를 품은 자가 이 집에 다가오고 있다. 어린애 하나만 있는 민가에. 나는 본능적으로 눈을 붉게 빛내며 목에서 높은 진동음을 냈다. 그 소리에 아이는 놀라는 대신 내 목덜미 속으로 파고들었다.

짚으로 짠 문이 스르륵 열리고 검은 옷을 입은 사내 셋이 손에 칼을 쥔 채 몸을 수그리고 기어들어 왔다. 사내 중 하나가 어둠 속에서 창문에 툭 튀어나온 내 얼굴과 빛나는 붉은 눈에 흘긋 시선을 두었지만 아랑곳하지 않고 전진했다. 달이 구름에 숨어 칠흑처럼 어둡기도 하였지만, 설마 짐승이 창에 몸을 들이밀고 있으리라 믿기 어려웠을 테니 벽화 아니면 사냥감 거죽이라도 걸어 놓았으려니 한 모양이었다.

부뚜막을 더듬고 구들장을 손으로 쓸며 전진하던 사내의 손이 아이의 발에 닿았다. 어린애의 말캉말캉한 발을 쥐고 만족스레 웃던 사내놈의 얼굴에 내 불처럼 뜨거운 콧김이 닿았다. 상황을 파악하지

못하고 내 번들거리는 눈을 들여다보던 사내놈이 집이 떠나가라
비명을 질렀다.

나는 한입에 놈의 손목을 물어 끊어 낸 뒤 아기를 턱 입에
물고는 창에서 몸을 빼내었고, 뱀이 나무를 휘감듯 한달음에 집 뒤로
돌아 나왔다. 문에서 다리가 풀린 두 놈과 손에서 피를 분수처럼
쏟아 내며 몸부림치는 사내가 반쯤 기다시피 튀어나왔다. 나는
아기를 입에 문 채 가장 먼저 튀어나오는 놈의 목덜미를 손 갈퀴로
후려쳤다. 목이 툭 꺾여 굴렀다. 뒤따라오던 놈은 배를 발톱으로
갈가리 찢어 놓았다.

나는 그들을 그대로 두고 아기를 문 채 뒷산으로 올랐다.
산머리에 올라 절벽에 툭 튀어나온 바위 위에 아이를 내려놓으려니,
아이는 땅을 디디는 대신 내 수염을 붙들고 대롱대롱 매달렸다.

"떫은맛을 보아하니 비류나부 무당들이구나. 네게 산신이
붙었다는 소문을 듣고 온 모양이다. 쯧쯧."

비류나부는 주몽이 이 땅에 오기 전의 왕가였다. 왕가에
저항하다 몰락해서 지금은 무당이나 주로 배출하는 곳이다.
그네들은 신령한 소문이 도는 사람을 싫어한다. 제 하찮은 지위에
위협이 되기도 하거니와, 저 밉살맞은 주몽이 강신의 외손이라 하여
물고기들이 고분고분 따랐다는 전설이 있지 않았던가. 따지자면
원한은 왕가에 가져야 맞건만, 사람의 미움이 흐르는 방향이란
예측할 수 없는 것이다.

"죽지 말고 잘 살라고 신령한 징조를 흉내 내었건만, 그게
도리어 이상한 놈들을 꼬이게 했구나. 쯧쯧."

나는 낑낑거리며 내 등을 타는 후녀의 뒤통수에 촉촉하게 젖은
코끝을 대고, 꼬리 끝으로 등을 쓰윽쓰윽 문지르며 내 냄새를 한껏

묻혔다.

"혹시 모르니 네가 더 클 때까지는 주변에 어슬렁거려 주마. 네 눈에는 띄지 않도록 멀리서… 응? 아, 아이고, 이것아. 찌찌는 그만 찾아. 아이고, 놔라, 놓으라고. 끄아악."

내가 후녀를 다시 만난 것은 그 애가 아홉 살이 됐을 때였다. 만나려고 만난 것이 아니었다. 정말로 그럴 생각이 아니었다. 도리어 나를 찾아내겠답시고 온 산을 다 뒤집어 놓는 후녀를 피해 도망쳐 다니며 지냈다. 후녀는 내 예상대로 씩씩하고 생기 넘치게 자랐다. 그뿐이면 좋은데, 제 발로 걸어 다닐 무렵부터 나를 찾겠답시고 온종일 산을 헤집고 다니는 것이었다.

까치 영감이 말해 주기를, 후녀는 머리가 클 무렵부터 너를 키운 것은 산신이라는 말을 듣고 자란 모양이었다. 그런데 그 말에 슬슬 경외 대신 경멸이 담기고 있다고 했다. 산신의 지위가 요새 어째 예전 같지 않다. 최근 들어 사람 밥 축내지 말고 산에서 네 어미를 찾아 짐승들하고나 살라는 말을 듣고 있는 모양이었다.

인간이 산신을 격하하기 시작한 것이 언제부터였을까. 왕이 나부를 하나둘 제압하고 왕권을 공고히 하던 때부터였으리라. 본디 격상의 반작용으로 격하가 퍼진다. 왕권이 세어지거나 종교가 굳건해지면, 그쪽으로 기운이 쏠려 가느라 기가 바닥난 어디에서는 무엇인가가 말라붙는다. 내 가호는 차츰 요사한 것이 되고 있었다. 더구나 맥족은 천성적으로 산신도 신령도 섬기지 않는 구석이 있다. 이들이 믿는 신은 실상 조상이다. 부모다. 기이하리만치 제 기복을 핏줄에 빌고, 인간에게만 비는 이들이다. 그런 놈들 속에서 부모 없이 사는 설움이 얼마나 크겠는가. 이해는 하지마는 매일 도망쳐

산군의 계절

다니자니 몸이 남아나지 않았다.

후녀는 아홉 살 무렵에는 사냥꾼처럼 기척을 숨기는 법도, 빗줄기나 흙 속에 숨어 냄새를 지우는 법도 배웠다. 내 발자취를 쫓아 즐겨 다니는 길을 파악하고 덤불에 숨어 잠복하거나, 개처럼 배설물 냄새를 맡아 내 사냥터와 거주지를 탐색할 줄 알게 되었다. 높은 나무에 새처럼 둥지를 틀고 며칠씩 먹고 자며 산을 살피다가, 멀리서 허옇고 큰 것이 움직이는 것을 보면 바람처럼 내려와 나를 쫓았다. 지난 보름부터는 아예 등에 활통 하나만 맨 채 짐승처럼 산에 죽치고 있었다.

미칠 노릇이었다. 그토록 자랑이던 내 빛나는 은빛 털결이 이리 거추장스러울 수가 없었다. 냄새나마 지우겠다고 향내가 그윽한 꽃이나 열매 무더기에 머리를 푹 박고 궁둥이만 내밀고 달달 떨다가, 얼굴에 꽃을 치덕치덕 묻히고 나와 슬금슬금 눈치를 살피노라면 또 저만치서 나를 찾아내어 달려오는 기척이 들려 또 소스라치게 놀라 허둥지둥 풀숲으로 숨곤 했다.

그렇게 한 달을 숨어 지내자니 산신들이 모여들어 투덜대기 시작했다. 내가 쑥과 마늘 덤불에 몸을 푹 파묻고 웅크린 꼴을 보며 타박했다.

"산군, 그냥 나가서 얼굴만 한번 비추고 집에 돌려보내세요. 우리더러는 개를 잡아먹지도 못하게 하시면서, 저 조그만 것이 빨빨거리고 돌아다니는 통에 산이 소란스러워 못 살겠습니다."

"날붙이는 몸에 지닌 것이 불은 종일 피워 대지를 않나, 온종일 버석거리며 수풀이며 냇가를 들쑤시는 통에 우리 먹을 것도 다 숨었다고요. 우리 애들도 끼니 못 챙겨서 죽겠습니다."

"아이고, 누님, 그러게 핏덩이일 때 콱 잡아드시지 무슨 정을 붙여서 이 고생이십니까. 그냥 지금이라도 꿀꺽 먹어 버리시지요. 안 그래도 애가 살결이 반지르르하니 군침 돌게 생겼더군요."

마지막 말을 한 추이 놈에게는 어훙, 하고 달려들어 너도 맛있게 생겼는데 뒷다리 한 짝 뜯어 먹어 줄까 하고 한참을 부둥켜안고 대거리를 했다. 산신들은 싸움을 부추기고, 까치 영감은 거, 한번 정 주셨으면 산군답게 의젓하게 책임을 지시지요, 하고 놀려 대고 난장판이었다.

나는 밤이 이슥할 무렵 꼬리와 귀를 축 늘어트리고 어슬렁어슬렁 동굴을 나섰다.

후녀는 모닥불을 타닥타닥 피워 놓고 날벌레와 나방과 반딧불이 틈바구니에서 나무 덤불을 덮고 웅크리고 자고 있었다. 손에는 어디서 찾아 그러모았는지 내 흰 털 뭉치를 꼭 쥔 채였다. 꼬질꼬질한 것이 오래 몸에 지닌 모양이었다.

나는 쑥이며 꽃을 목덜미에 주렁주렁 걸친 모양새로 후녀의 뺨을 살짝 핥았다. 자던 후녀가 눈을 번뜩 떴다. 나를 한참 보던 후녀는 어린 날처럼 환히 웃었다. 그러고는 내게 달려들어 와락 끌어안았다.

"야옹아!"

그래, 야옹이든 멍멍이든 멋대로 불러라, 이 어처구니없는 것아.

"야옹아, 우리 야옹이, 너무 보고 싶었어."

후녀는 양팔 양다리 온몸으로 내게 매달리며 내 코와 뺨과 수염에 얼굴을 비벼 대었다. 인간처럼 약한 짐승이 허락 없이 먼저 내게 냄새를 묻히는 짓은 이만저만한 불경이 아니었지만, 나는 후녀가 내 몸에 제 향을 치덕치덕 바르도록 내버려두었다.

내가 네게 복잡한 가호를 주었구나. 이리되라고 그리한 것은

산군의 계절

아니었건만. 애초에 범은 신이자 흉수다. 누구 말마따나 맥족은 한 해의 반은 범에게 쫓기고, 반은 쫓아다니며 산다던가. 너 잘 살라고 한 짓이 도리어 너를 인간 세상에서 내몰고 있나 보구나. 나는 안타까워 말했다.

"이것아. 사람이 짐승과 너무 어울려 놀면 못쓴다. 너도 다 컸으니 나는 그만 찾거라. 어디서 성실하고 일 잘하는 사내놈 하나 잡아서 똑똑하고 착한 애들 쑥쑥 낳고 잘 살아라. 네가 아비 없고 어미 없으면 뭐 어떻다더냐. 너는 부모가 없으니 네 후손의 첫째 어미가 될 거다. 유화처럼 시조모가 되는 것이다. 얼마나 좋으냐."

후녀가 알아들었을 리가 없건만, 무엇을 눈치채었는지 눈물을 지었다.

"너는 내가 젖 먹여 키운 아이니, 오래오래 잘 살아야 한다."

나중에야 까치 영감에게서 내 반복된 덕담이 언령이 되었고, 산신의 축복이자 명령이 되었다고 들었다. 인간이 알아듣지 못해도 산신의 힘이 그리 만든다 한다. 하지만 그때만 해도 무슨 뜻인지 몰랐다. 오래 살면 좋은 거지 뭐가 문제더냐, 하며 어리둥절해하기만 했다.

후녀는 한참을 내 털을 고르고 치대더니, 몇 날 잠도 못 자고 쏘다닌 피로가 쏟아졌는지 내 목덜미 털에 파묻힌 채 까무룩 잠들고 말았다.

"어이구, 이것아, 날도 찬데 그러다 감기 든다. 털도 없는 주제에."

나는 몸을 한껏 둥글게 말아 후녀를 이불처럼 감싸 안고, 양팔과 양다리와 꼬리로 꼭 끌어안았다. 인간은 짐승과 달리 한번 자면 몇 시간이고 깊이 잠드는 생물이라, 내가 몇 번 졸다 깨는 와중에도 후녀는 고단하게 잤다. 그 사이에 온갖 산신들이 쿡쿡 웃고 놀려 대며 지나갔고 추이는 아예 가족을 다 데리고 구경하며 놀려 대다 갔다. 나는 쯧, 하고 코웃음만 날려 주었다.

막 태어난 어린 범들이 놀며 지나가다가 얼씨구, 여기 따끈따끈한 이불이 깔려 있네, 하며 후녀와 함께 어울려 내 품에서 같이 잠들었다. 한 놈이 젖을 물자 다른 놈들도 꼬리를 살랑대며 같이 줄줄이 물었고, 나는 그러거나 말거나 내버려 두었다. 날도 따사롭고 꽃향기도 그윽하니 기분 좋은 오후였다.

그달에 왕이 죽었다.

비가 억수같이 쏟아지던 날이었다. 궁과 궁 사이에 물이 폭포수처럼 흐르다 내를 이루어 길을 막는 바람에 내관과 병사마저도 경내를 오가지 못했다. 밤새 궁이 적막했다. 해가 뜨고 보니 문을 바위처럼 굳게 닫은 궁에 새 왕이 등극해 있었다. 공문이 내려오자 백성들은 어리둥절해졌다. 폭우 속에서 몰래 대관식을 치른 이는 원래라면 왕위를 이어받았어야 할 셋째가 아니라 넷째였다. 우은현은 스스로 넷째를 택해 왕위에 올리고는 바로 제가 세운 왕에게 재가하여 다시금 왕후가 되었다.

다시 3월의 보름날 밤, 내가 산신각 지붕에 오르자 왕후는 내게 술잔을 올리고 반절을 했다.

"어서 오소서. 산군이시여."

나는 다소 당혹스러운 기분으로 엉거주춤 꼬리를 돌돌 말고 기와에 앉았다. 황망한 와중에도 왕후의 시야 방향에서 내 머리 뒤로 달이 없히도록 엉덩이를 움찔거렸다.

"제가 어찌했는지 궁금하실 듯하옵니다."

산군의 계절

나는 그만 허둥지둥 고개를 끄덕이고 말았다.

"남무는 주몽의 후예 중에서도 교활한 자라, 제가 아이를 줄 생각이 없는 것을 깨닫고 형제 상속을 준비하더군요. 원래 고구려는 형제가 왕위를 물려받는 나라였다던가. 하, 그간 태자가 무능하여 쫓겨나 형제가 대신했던 것이 어디 법도에 의해서였답니까."

왕후는 여신처럼 당당하게 나를 바라보며 미소 지었다.

"왕께서 서거하신 날, 저는 모두에게 함구하도록 엄명을 내린 뒤 몰래 궁을 빠져나갔습니다. 처음에는 셋째 발기의 집으로 찾아가 곧 왕위를 이어받아야 하지 않겠냐는 말을 흘렸지요. 왕이 죽은 줄 몰랐던 발기는 무슨 역모에 자기를 휘말리게 하려는 줄 알고 길길이 날뛰며 저를 쫓아내더군요. 저는 그길로 넷째 연우의 궁으로 향했습니다. 이번에는 왕이 죽었다는 말을 분명히 전하면서요."

왕후가 그때의 긴장이 되살아나는지 눈을 감고 가벼운 한숨을 쉬었다.

"연우는 제게 저녁을 대접하겠다고 허둥거리더군요. 손까지 베어 가며 제 손으로 지은 밥상을 내놓더군요. 저는 그길로 궁으로 돌아와 선왕의 유언이라며 넷째 연우의 승계를 선포했습니다. 애초에 선왕도 둘째로서 왕위에 오른 업보가 있는데, 누가 감히 위계를 운운하겠습니까."

왕후가 생각할수록 우스운지 소리 내어 웃었다.

"그간 승계 준비를 하느라 분주했던 발기는 완전히 눈이 돌아가더군요. 한참 성문 앞에서 농성하더니 분을 못 이기고 요동 태수에게 군사를 빌리려 하고 있습니다. 저는 이를 진압할 지휘관으로 막내 왕자를 보내려 합니다."

왕후는 흥겨운 듯 말을 이었다.

"막내 계수가 발기를 진압하지 못하면 패장의 책임을 물어 궁에서 내쫓을 것이며, 성공하면 감히 제 형을 해한 죄를 물어 내쫓을 것입니다."

해 놓은 일이 놀랍다 보니 얼떨떨했다. 나로서는 상상도 못 할 계략이었다.

"이렇게 주몽의 자손은 모두 사라집니다."

왕후는 나를 지그시 보며 물었다.

"도와주시겠지요, 산군이시여?"

그 말에 나는 조금 당황했다.

"주몽의 자손을 처단하는 전쟁에 함께해 주시겠지요? 지금까지 연나의 편에서 전쟁을 도와주신 줄을 압니다. 이번에도 그리해 주시겠지요?"

그럴 생각이었다. 네가 부탁하지 않아도. 하지만 지금까지 부탁받아서 한 일은 아니었다.

게다가 이전까지만 해도, 너는 네 백성의 피 한 방울 흘리지 않게 한다지 않았더냐. 발기의 군사도 계수의 군사도 모두 네 백성일 텐데.

"주몽의 나라는 이렇게 끝납니다. 첫째와 둘째에 이어, 셋째와 막내도 죽고, 새 왕마저 후사 없이 죽으면 이 나라는 비로소 주몽의 후예를 벗어나 소서노의 후예에게로 돌아옵니다."

왕후가 확신에 찬 미소와 함께 내게 옥가락지를 낀 하얀 손을 내밀었다. 봉숭아 물이 든 손톱이 피처럼 붉었다.

그래, 나는 착잡한 기분으로 수긍했다. 인간은 영리하고, 주몽의 자손은 더욱 그러하다. 어설픈 계략으로는 그 피를 끊기가 쉽지 않겠지. 네 과감함, 결단성, 실행력, 사람의 심리를 파고드는 치밀한 계획까지 모두 놀랍기 그지없다.

네가 왕이 될 수 있었다면 얼마나 좋았으랴. 하다못해 네가 아이라도 가질 수 있었다면, 그 아이가 자랄 때까지 섭정으로나마 잠시 이 나라가 네 것이 될 수도 있었을 것을.

하지만 다 헛된 생각이다. 이것은 네가 이끄는 전쟁이며, 네가 짜는 운명의 실타래다. 내가 그 매듭을 지어 주어야겠지. 네 말대로, 이제 다 왔다. 이것이 마지막 단계다. 그러니 나도 제대로 해야 하겠지.


그해에 후녀가 수묘인이 되었다고 들었다.

발기와 계수의 형제 전쟁이 벌어지는 동안, 내가 매캐한 죽음의 냄새를 맡으며 주변 산을 배회하며 지내던 중이었다. 전쟁은 전에 없이 참혹했고 나는 예기치 않게 지쳐 있었다. 소식은 까치 영감이 전해 주었다.

후녀가 수묘인이 된 것이 놀랍지는 않았다. 무덤지기는 밥줄이 끊기지 않는 일이다. 농사는 흉년일 때도 있고 전쟁은 나지 않을 때도 있고, 토목 사업은 없을 때도 있지만, 사람이 죽지 않는 때는 없다. 나라가 융성할 때도 흉흉할 때도 사람은 죽는다. 수묘인도 대개는 군역처럼 돌아가며 몇 년씩 하고 마는 일이지만 어떤 이들은 평생을 전업 수묘인으로 살기도 하는데, 주로 후녀처럼 연고 없는 아이들이었다.

왕의 서거는 무덤지기 일이 폭발하는 때다. 왕이 죽어서가 아니라 새 왕이 나서다. 왕은 등극하면 의례히 묫자리부터 찾는다. 이 나라의 연인이 결혼을 약정하는 날 수의를 짓듯이. 왕릉은 바삐 지어야 한다. 행여라도 능을 다 짓기 전에 왕이 승하하기라도 하면

변고도 그런 변고가 없다. 새 능은 산상(山上)에 지었으니 묘호가 시호가 될 것이고, 왕은 죽은 후에 산상왕이라 불릴 것이다.

"무당이 후녀를 선왕의 저승 시녀로 점지해?"

"예, 그리되었습니다."

까치 영감이 내가 잡아다 준 쥐 내장을 부리로 톡톡 쳐 파먹으며 말했다.

"부여 놈들 악습이 아직도 남아 있었구먼. 쯧쯧."

"웬걸, 백성들이 원해서 하는 일입니다."

까치 영감은 날갯죽지에 부리를 파묻어 꼼꼼히 닦으며 말했다.

"선왕은 사랑받던 왕이었으니까요. 왕을 모시던 신하들만이 아니라 백성들도 다투어 저승 시동을 자원하고 있습니다. 현세의 신하는 한 생만 모실 뿐이지만, 저승 시동은 왕을 영원토록 모시는 영광스러운 자리지요."

나는 뚱한 기분이 되었다. 그렇다고는 하지만 말뿐이지, 누군들 저승의 일을 알랴, 산신도 모르는 것을. 말은 영광된 자리니 어쩌니 번드르르하게 하면서 맛난 음식을 먹이고 예쁜 옷을 입혀 성대한 의식을 치러 주지만, 결국은 산 채로 수장되는 것이 전부다. 죽은 후의 일은 누구도 모른다.

실은 무당들이야말로 세상에서 제일 저승을 믿지 않는 놈들이다. 신비를 엿보기에 더욱 그 불가해함을 안다. 상황이 매끄럽지 않은 것을 보아 아무래도 전에 후녀를 노리던 비류나부 무당의 농락이지 싶었다.

"그런데, 애가 아주 맹랑하더군요."

까치 영감이 고개를 높이 쳐들어 쥐 창자를 오독오독 씹어 넘기며 말했다.

산군의 계절

"열 살도 안 된 아이가, 저승 시녀로 발탁되었다는 말을 듣더니 눈을 또랑또랑 뜨면서 방긋 웃으며 말하는 겁니다. '비천한 소녀에게 다시없는 영광이옵니다. 그런데 저는 아직 너무 어려 예절도 배운 바가 없고 변변찮은 기술 하나 익힌 바 없습니다. 농사일도 모르고 가축을 다룰 줄도 모르며, 밥을 짓거나 찬을 할 줄도 모르니 이 꼴로 어찌 감히 귀하신 분을 모시겠습니까? 소녀에게 조금만 시간을 주소서. 어르신들께 왕의 시녀로서 부끄럽지 않을 만치 일을 배우고 가고자 합니다'라고요."

하, 나는 바짝 긴장했다가 맥이 풀려 후, 하고 한숨을 쉬었다. 다리에도 힘이 빠져 잠시 털가죽처럼 길게 드러누웠다.

"애가 그리 또박또박 말하니 데리러 온 무당이며 수묘인들도, '어어, 그 말이 맞구먼' '아무렴, 우선 시동 일을 배워야지' '어른이 될 때까지만 기다리지' 하고 고개를 주억거리며 떠나더군요. 애는 그날 바로 짐을 싸서 시조묘가 있는 졸본으로 떠났습니다. 지낼 곳은 졸본 옆 고을 주통촌(酒桶村)입니다. 동맹(東盟) 제사에 쓰일 술을 주로 빚는 마을입지요. 거기서 수묘인들과 살며 일을 배울 예정이랍니다."

나는 입맛을 다셨다. 잘했다, 아이야. 그래, 산목숨인데 어떻게든 살 궁리를 해야지. 잘했다.

"제가 말씀드렸지요? 산군의 말씀이 아이의 언령이 되었습니다."

까치 영감의 말에 나는 배를 깔고 납작 드러누운 채 눈을 동그랗게 떴다.

"오래오래 살라는 축복이 명령이 되었습니다. 그 애는 결코 헛되이 죽음을 선망하지 않을 것입니다. 하지만 기지로 잠시 목숨을

연장했을 뿐입니다. 하필 왕의 저승 시녀로 점지되었으니 죽음을
피할 수 없는 운명입니다."

나는 침묵했다.

"어쩌시겠습니까? 그래도 정 붙은 것이 아니셨습니까."

후녀를 만났던 날이 어제처럼 떠올랐다. 내 품을 파고들던
보들보들한 몸과 여전히 감칠맛 나는 내음도. 하지만 전쟁은 나를
잡아먹고 있었고 내겐 여력이 없었다. 하루하루가 버거웠다.

인간의 전쟁은 신묘해지고 거칠어지고 있었다. 이제 산신
하나가 전황을 바꿀 수 있는 수준을 넘어서고 있다. 아마도 다음
전쟁에는 나 하나로는 아무것도 할 수 없으리라. 어쩌면 이것이
산신이 관여하는 마지막 인간의 전쟁일 것이다. 나는 아팠고 지쳤다.

"영리한 아이니 어른이 된 뒤에도 어떻게든 살길을 만들어
내겠지."

까치 영감이 쥐 두개골 속을 파먹으며 날개를 파닥이고는 내
눈치를 살폈다.

"그때쯤 가서 또 소식 알아보고 전해 드릴까요?"

"그러거라. 그래도 내가 할 일은 별로 없을 거다. 아기 때처럼
동굴에 데려다 키울 수도 없는 노릇이고. 그 애도 사람인데 죽이
되든 밥이 되든 사람과 지지고 볶고 살아야지. 애초에 이상한
놈들이 붙는 바람에 사는 게 꼬인 것도 괜히 내가 그 애 인생에
끼어들어서이니."

산신은 사람 죽이는 일에나 도움이 될 뿐이다. 이래서 한번 먹을
것으로 보았던 것과는 연을 맺는 게 아니란 말이지. 나는 휘적휘적
도로 전장으로 향했다.

다시 3월, 보름이었다.

산신각 기와지붕에 느릿느릿 오르는 내 모습을 보는 왕후의
눈에 희미한 웃음이 서렸다. 나는 그 눈빛이 불편했다. 왕후는 내
꼴을 보고도 놀라거나 걱정하는 대신 흐뭇해한다. 흐뭇한 한편에 왜
그 정도뿐이냐는 질책이 섞여 있었다.

"노고가 많으셨습니다. 산군이시여."

내 털과 입은 피에 물들어 있었다. 털은 듬성듬성 뜯겨 나간 데다
귀 한쪽도 잘렸고 눈도 하나 잃었다. 왕후의 눈빛은 치하는 하되
흡족해하지는 못하는 기색이었다. 나는 치하받는 것도 불편했다.

막내 계수는 발기를 물리치지도, 발기에게 패배하지도 않았다.
단지 말로 설득해 자결하게 했다. 하지만 형제의 시신을 묻어
주었기에 반역의 죄를 물어 쫓겨났다. 이제 궁은 비었다. 주몽의
후계는 궁에 남지 않았다. 왕후가 짠 대로, 다 이루었다.

"참으로 큰일을 치르셨습니다. 하지만 안타깝군요. 최후에
막내의 목숨마저 끊어 주셨다면 후환 없이 깔끔했을 것을."

나는 그 말에 그만 분노가 치솟아 낮게 울고 말았다. 그 형제
전쟁에서 죽은 병사들은 모두 맥족이었다. 내가 사랑하는 이 나라
백성들이었다. 내가 물어 죽인 이들 모두가 졸본부여와 소서노의
자손들이었다. 나는 기와지붕에서 훌쩍 뛰어내려 왕후의 앞에서
송곳니를 붉게 드러내며 으르렁거렸다.

"어머나, 산군."

왕후는 가볍게 웃으며 발을 떼어 피했다. 왕후는 피투성이인 내
송곳니를 보면서도 웃음기를 거두지 않았다. 그 이빨에 찢겨 나간
원수의 살점이며, 내 발톱에 흘린 원수의 피를 상상하며 즐거워하는
듯했다.

"고단한 전투에 많이 상심하셨겠지요. 왕후가 다 이해합니다."

왕후가 크릉거리는 내게 손을 뻗어 뺨을 매만지고는, 진흙 바닥에 엎드려 큰절을 올렸다.

"우은현이 산천의 주인인 산군께 예를 올립니다. 영험하신 산군이시여. 연나의 수호신이여. 망극하옵니다. 산군의 노고로 차대에는 소서노의 자손이 나라의 주인이 될 것입니다."

왕후가 얼굴과 비단옷에 처덕처덕 진흙을 묻힌 채 고개를 들어 당돌하게 나를 바라보았다. 그 예의 바른 기백에 설움마저 차게 식고 말았다.

하지만 나는 그 전쟁에서 문득 깨닫고 말았다. 그간 외면하고 있었으나 이제야 분명히 알 수 있었다. 연나부가 왕의 피를 왕후의 피로 희석하려는 혈통의 전쟁을 몇 세대에 걸쳐 이어 온 결과, 이미 주몽의 자손 모두가 소서노의 자손이 되었다. 두 피는 이미 섞였고 구분할 수 없게 되고 말았다.

나는 쓸쓸했다. 다 이루었건만 허망했다. 그래도 이것이 우리가 만든 운명이다. 우리가 같이 여기까지 왔다. 그래, 이제는 왕이 늙어 죽기만 기다리면 된다. 인간의 수명은 짧으니 그리 오래 기다리지 않아도 되겠지. 참으로 긴 싸움이었다.


까치 영감에게서 후녀의 소식을 새로 들은 것은 후녀가 스물이 되던 해 겨울, 11월이었다.

어디서부터 도망쳐 왔는지, 오동통한 아기 돼지가 새벽부터 꿀꿀거리며 주통촌을 뛰어다녔다. 살집이 복스럽게 올랐고 털도 윤기가 촬촬 흐르는 데다, 등에는 축문이 쓰여 있고 목에는 반짝이는 금줄도 맨 것이 누가 봐도 동맹 제사에 제물로 바칠 교시(郊豕)였다.

제사장이 관리를 어떻게 했길래 교시가 거기까지 도망쳤을까. 돼지는 워낙 잘 먹어서인지, 태생이 신령해서인지, 신성한 동굴 수혈(隨穴)에서 지모신 유화의 축복을 듬뿍 받아서인지, 힘은 장사에 몸은 날래었다. 무당들이 좋은 약재만 달여 먹이며 애지중지 키웠을 것이다. 신성한 제물을 함부로 활이나 칼로 상처를 낼 수도 없는 노릇이라, 마을 사람들이 다 튀어나왔어도 차마 잡지를 못하고 허둥대기만 했다.

저녁 무렵에 돼지 막사에서 돼지죽을 쑤던 후녀가 치마에 국물을 덕지덕지 묻힌 채 하품을 하며 나타났다. 후녀는 산에서 나를 쫓듯이 돼지를 추적했다. 높다란 나무에 올라 새처럼 휘휘 둘러보고, 발자국이 지나는 길을 이어 보아 갈 곳을 예측하고, 땅에 코를 대고 개처럼 배설물 냄새를 맡았다. 그러고는 막 끓여 따끈따끈한 죽을 큰 토기에 푸짐하게 푸고는, 돼지가 한참 전 불붙은 강아지처럼 지나간 자리에 앉아 기다렸다.

산을 한 바퀴 돌고 돌아온 돼지가 돼지죽 냄새를 맡고 달려들어 토기에 얼굴을 들이박고 쩝쩝대며 먹기 시작했다. 후녀는 돼지를 쓰다듬다가 살며시 포대기를 씌워 품에 안았다. 워낙 팔 힘도 센 아이였는 데다, 돼지죽 냄새를 폴폴 풍기는 품이었는지라 돼지는 금방 얌전해져서 잠이 들었다.

그날 나는 문득 불안한 기분에 뒤척이다 깨었다. 돼지, 생각이 났다. 저 옛날, 유리왕이 교시를 놓쳤다가 잡은 뒤 그 자리로 수도까지 옮기지 않았던가. 돼지는 시조신 주몽의 알을 돌본 신령한 생물이다. 시조께 바칠 돼지는 신이 깃든 것이며, 돼지의 경로는 시조신 주몽의 계시다. 나는 까닭 모를 동요 속에서 일어났다.

초조하게 숲길을 빠져나와 산상릉으로 향했다.

가는 길에 신령들이 하나둘 나타나 모여들었다. 인간의 염원이 만든 신들. 인간화된 비인(非人)들, 산신과는 달리 인간사에만 관여하며 실체나 제 삶이 없는 것들이다. 소머리를 한 농(農)신, 불붙는 망치를 쥔 대장장이신, 수레바퀴를 굴리는 바퀴신, 부뚜막 불씨를 지키는 화(火)신, 베틀신 직녀와 소 치는 신 견우가 모여들었다. 인간의 얼굴을 한 새인 천추(千秋)와 만세(萬歲)가, 까마귀 날개를 달고 해와 달을 머리에 인 일(日)신과 월(月)신마저 날아들었다.

불안이 더욱 깊어졌다. 신령들은 저들끼리 쑥덕이고 소곤대고 재잘대고, 아이들처럼 쿡쿡 웃고 고개를 빼어 들며 앞서거니 뒤서거니 왕릉을 구경했다. 저기서 지금 인간사에 중요한 일이 일어나고 있다는 뜻이리라.

산상릉은 왕릉이 다 그렇듯이 건축물이라기보다는 차라리 큰 구릉에 가깝다. 아직 지붕을 덮지 않아 안이 훤히 들여다보였다. 나라 제일의 화공들이 그린 미려한 그림들이 달빛 아래 은은하게 빛나고 있었다.

왕은 언젠가 제가 묻힐 무덤에 호위무사 하나만 대동한 채 후녀와 마주하고 있다. 손에 오색실로 치장한 잘린 금줄을 든 채였다. 왕은 신대왕의 다섯 아들 중 가장 문약한 인물이라 들었으나, 나름대로 눈에 광채가 있었다.

"네가 수혈에서 교시를 풀어 주었더냐."

후녀는 흠칫 숨을 삼켰으나 입술을 꼭 다문 채 답하지 않았다.

"수혈은 수신(隧神)이신 유화께서 생명을 잉태하고 낳으심을 기리는 이 나라 최고의 성지다. 네가 무슨 심사로 성지를 더럽히고

부여신(夫餘神) 유화와 등고신(登高神) 주몽께 바칠 교시를 풀어
주었고, 또 이것을 다시 잡아들이는 기예를 펼쳤느냐? 감히 천신제를
농락할 의도였느냐?"

후녀는 바들바들 떨었다. 떠는 와중에도 침을 꿀꺽 삼키고
떨리는 목소리로 고하였다.

"전하, 소녀는 선왕께서 승하하셨을 때 무당이 저승 시녀로
점지한 몸입니다."

"그런데?"

"제 나이가 어리고 배움이 부족해 저승 시녀 일이나마 하기
어렵다 하소연하여 지금까지 살아 있습니다. 하지만 저는 이제
성인이 되었고 내일이라도 왕릉에 묻힐지 모릅니다."

"그러한데?"

"혹여 제사에 쓸 돼지를 잡아들여 이 나라 제사장이신 왕의 눈에
들면, 천신제를 돕는 시녀로라도 발탁되어 목숨을 부지할 수 있지
않을까 싶어 일을 꾸몄습니다."

왕이 너털웃음을 터트렸다.

"과연, 눈에는 들었구나. 허나 저승 시녀는 만세에 왕을 곁에서
모시는 신성한 자리거늘. 천신이 점지하신 영광된 업무를 어찌 감히
거부하느냐?"

후녀는 치마를 꼭 붙든 채 입을 꼭 다물고 고개만 숙였다.

"네 부모가 누구더냐? 딸을 어찌 길렀기에 법도도 모르고 이런
맹랑한 장난을 치게 놔두었느냐?"

"소녀는 부모가 없습니다. 가족도 없습니다. 눈밭에 부모가 버린
것을 산신이 거두어 젖을 먹여 살렸다 들었습니다."

"그래, 여기 오니 고을에 너의 소문이 자자하더구나. 부모가

버린 것을 범이 젖 먹여 길렀다 들었다. 소문이 다 사실인지는 모르겠으나, 사무(師巫)가 말하기를 산신이 네게 요사한 기를 불어넣었으니 그 요기를 억누르려면 천손인 왕의 기로 눌러야 한다더구나. 더 무엄한 일을 벌이기 전에 한시바삐 서둘러 저승궁에 입궐할 의식을 치르라 하더구나."

후녀는 입을 꾹 다문 채 아무 말도 하지 않았다.

"다시 묻겠다, 당돌한 처녀야. 너는 부모도 없고 가문도 없고 몸을 의탁한 곳도 없으며, 은혜 입은 곳도 없고 연을 둔 곳도, 집도 가족도 아무것도 없는 것이더냐."

"그러합니다. 아무것도 아닌 것입니다. 하잘것없는 목숨입니다. 뜻대로 하소서."

후녀가 반쯤 울먹이며 말했다. 그러자 왕이 후녀의 손을 맞잡았다.

"그러면 그대, 가히 내 소후가 될 만하오."

후녀가 놀라 고개를 들었다. 왕이 말을 이었다.

"선왕께서 내게 누누이 말씀하셨소. 을파소는 아무 혈통도 없고 그 피에 귀한 것이 아무것도 없으니, 능히 국상이 될 만한 인물이었다고. 만약 진실로 그대에게 부모가 없고 근원을 알 수 없으며, 그대의 몸에 한 톨의 귀한 피도 없다면 내가 그토록 찾아 헤매던 아내요. 고구려의 태모가 될 여인이오."

"전하."

"산신께서 주몽의 후손이 끊기는 것을 염려하여, 장차 이 몸의 소후가 될 그대를 거두어 길러 주셨구려. 감읍할 일이외다."

후녀의 눈이 당혹으로 물들었다. 왕이 후녀의 손에 입을 맞추고, 그 앞에 무릎을 꿇었다.

산군의 계절

"왕은 천손이라 하오. 근원이 없는 여인이여. 내 아이를 오롯이 내 시조의 자손으로 만들어 줄 여인이여. 청컨대 부디 내게 천신의 아이를 낳아 주시오. 만세에 이어질 주몽 왕조의 새 태모가 되어 주시오."

내가 멀리서 그 대화를 다 들었다. 소름이 돋아 온몸에 털이 다 섰다.


보름밤, 나는 땀에 흠뻑 젖어 산신각으로 향했다. 정화수를 떠 놓은 왕후가 사당 앞에 홀로 서 있었다. 왕후가 새하얀 손가락으로 꽃나무의 꽃잎을 한 잎 한 잎 따 정화수 위로 흘려 보내고 있었다.

"신탁이라. 왕이 술수를 쓰는군요."

정화수 위에 비친 왕후의 눈이 맹수처럼 차갑게 빛났다.

"주몽의 핏줄은 제일 연약한 것이라도 끈질기군요. 저 명림답부께서 가장 유약한 노인네를 골라 왕위에 올리셨을 때도, 둘째를 왕위에 올리는 것으로 뒤통수를 치더라니."

왕후가 입가에 냉기를 흘리며 혀를 찼다.

"내 선왕의 형제 중 가장 패기 없고 고분고분한 것을 골라 왕위에 앉혀 놓았더니, 또 이리 끈질기게 나오는군요. 감히 연나의 배가 아닌 다른 배를 빌려 씨를 뿌리시겠다?"

왕후는 제 배를 쥐어뜯듯이 꼬집었다.

"아무 혈통도 없고 인간에게 기댄 것 없으니 소후의 자격이 있다, 내 지위를 위협하지 않을 것이라고? 그 맹한 것마저 머리를 돌리는군요. 나를 위하는 척하며 그런 술수를 써?"

왕후는 뜨겁고 차가운 숨을 내쉬며 진정했다.

"신탁에는 신탁이지요. 거짓에는 거짓이지요. 저는 그 아가씨가

소후로 신탁을 받았으며 다른 소후를 들이면 천벌이 내린다는
신탁을 사무에게 받아 내었습니다. 왕께는 그 소후가 마음에 쏙
드는 척 아양을 떨면서요. 제 속내를 내가 다 아는데 내 속내를 지가
모를까. 표정이 가관이더군요. 그래도 제가회의에서 왕후가 선포한
말을 어찌하겠습니까?"

　　왕후는 차가운 미소를 지었다.

　　"다 끝난 싸움이 끝나지 않는군요. 하지만 후녀라는 그 계집의
명줄만 끊으면 다 끝납니다. 제가 군사를 보냈으니 오늘 밤 안에
끝날 것입니다."

　　왕후는 고개를 들었다. 언제나처럼, 내가 달빛을 등지고 흐뭇한
미소를 지으며 고개를 끄덕여 주기를 기대하면서.

　　내가 웃지 않음은 왕후의 변한 낯빛에서 알았다.

　　내 눈에는 낙담과 살기가 같이 깃들었을 것이고 털은 하얀
고슴도치처럼 곤두섰을 것이며 칼처럼 번뜩이는 발톱이 단단한
기왓장에 자국을 내었을 것이다. 콧김은 뜨거워지고 격앙된 심장을
다스리지 못해 붉은 잇몸과 송곳니가 드러나 있었을 것이다. 마치
다른 산군과 목숨을 물어뜯는 결전을 앞둔 듯한 모습으로.

　　"산군."

　　왕후는 내 속내를 파악하지 못하고 당황해했다.

　　"연나를 수호하시는 산군이시여. 제가 뭐 마음에 거슬리는
일이라도 하였습니까. 연나에 무슨 해가 되는 결정이라도
내렸습니까."

　　왕후가 한 걸음 다가왔다.

　　나는 털이 서리처럼 돋은 채로 다리를 곧게 펴고 등을 산처럼
끌어 올려 몸을 크게 만들었다. 크릉거리는 울음소리를 내었으나

위협을 위한 울음이 아니었다. 인간 여자의 귀곡성 같은 높고 음울한 소리. 심장을 쥐어뜯는 통곡에 가까운 울부짖음이었다.

나는 지붕에서 훌쩍 뛰었다.

"산군!"

불길함에 휩싸인 왕후의 부름이 내 뒤에 꽂혔다. 제사상이 넘어지는 소리, 술병이 깨지는 소리, 왕후가 주름치마를 양손에 끌어안고 달려오는 뜀박질 소리가 등 뒤에 꽂혔다.

"산군!"

이제는 원한마저 깃든 소리. 아이가 부모에게 매달리는 듯한 애처로운 부름. 나는 산을 정신없이 내려갔다. 봉우리를 한달음에 뛰어넘고 나무와 나무 사이를 날 듯이 내달렸다.

내 아가, 내 아가야.

내가 무슨 정신으로 너를 그 험한 곳에 혼자 내버려두고 왔을까. 내 아가야.


군대는 산을 성벽처럼 에워싸고 있었다. 물길처럼 몰려들고 개미 떼처럼 기어올랐다. 꿉꿉한 살의의 악취를 풍기는 사냥개가 귀 따갑게 울었다. 길목을 지키는 병사들이 연기를 피워 온 산이 매캐했다. 산신과 짐승들이 군사와 연기를 피해 허둥지둥 이리 뛰고 저리 뛰었다. 나는 애타게 후녀를 부르며 산을 헤맸다.

독한 연기 속에서도 나는 내 아이의 감칠맛 나는 향내를 맡을 수 있었다. 후녀는 남자 옷을 입은 채로, 잎이 썩어 곤죽이 된 진흙밭에 몸을 파묻고 숨어 있었다.

"아가."

내가 가르랑거리며 후녀의 이마에 코끝을 대었다. 흙투성이가 된 후녀가 퍼뜩 깨어나 나를 보고는 그날처럼 환하게 웃었다.

"야옹아."

후녀가 나를 끌어안았다. 내 수염과 코털에 흙 묻은 뺨을 비볐다. 어린 날처럼 내 털에 파묻혀 한껏 냄새를 묻혔다. 후녀의 손에는 내 흰 털 뭉치가 꼭 쥐어져 있었다. 이 바보 같은 것아. 이런 꼴을 하고도, 그딴 것이 무슨 부적이라고.

"아가, 내 아가."

나는 엉덩이를 낮춰 후녀에게 등을 들이밀었다. 후녀는 바로 알아듣고 위에 올라탔다.

아이를 업는데 연기가 자욱한 수풀이 흔들렸다. 전신에 화상을 입은 추이가 탄내를 풍기며 사신처럼 음산하게 걸어 나왔다. 추이가 내 등에 탄 후녀를 노려보았다.

"그러게 그런 속 썩이는 인간 여자애 따위 확 잡아먹어 버리라고 했잖습니까요, 누님."

추이가 짙은 살의의 냄새를 풍겼다. 부리부리한 눈에 섬뜩한 광채가 빛나고 강철 같은 발톱과 송곳니가 사납게 드러났다. 추이는 그대로 나를 스쳐 갔고 멀리 쫓아오는 병사들에게 섬광처럼 달려들었다. 아무튼 끝까지 우스운 놈이다. 나는 추이를 뒤에 내버려두고 달렸다.

나는 새처럼 산을 누볐다. 연기를 벗어나자 개가 몰려왔고 개를 피하면 군사가 쫓아왔다. 내 새하얀 털빛을 보며 영물이라며 주저하는 병사도 있었지만, 워낙 명이 지엄한지라 추격을 멈추지는 않았다. 나를 쫓는 몸짓이며 발걸음에서, 눈빛과 고함 속에서 나는 내 신령함이 인간들의 마음에서 다 퇴색되었음을 느낄 수 있었다. 산신은 이제 한낱 흉수가 되었다. 제 아이 하나 지키기 힘든 미물이 되었다. 산을 벗어날 길은 없어 절벽과 산등성이를 타 넘어 산머리로 향했다.

나는 날래었지만 인간도 날래었다. 눈으로 좇을 수 없는 화살 몇 개가 결국 살에 꽂혔다. 화살이 몸에 박힐 때마다 내 움직임은 둔해졌고 그럴수록 피부를 쑤시는 화살은 늘어났다. 활촉이 근육을 찢고 내장을 찔렀다. 발을 뗄 때마다 피가 흘렀다.

나는 화살 여러 대를 꽂은 채로 고통을 견디며 산마루에 이르렀다. 더는 갈 곳 없는 깎아지른 절벽 위에서 발을 멈췄다.

까마득한 계곡 아래는 거친 강이 흘렀고 등 뒤의 숲에서는 병사가 하염없이 쏟아져 나왔다. 내가 돌아서자 병사가 정렬했다. 궁수들이 맥궁을 겨누고 2열로 앉았다. 그 뒤로는 칼과 창을 든 병사들이 줄지어 서서 대기했다. 내가 천년을 지켜 온 연나의 병사들이다. 그토록 내가 사랑했던 이들, 내 자식이나 다름없는 이들이었다.

나는 운명을 받아들이며 그들을 마주했다. 올 때부터 이리될 줄이야 알았지만, 다행히 내 아이를 혼자 보내지는 않게 되었구나.

그때 나는 내 등에 탄 후녀가 내 목덜미를 끌어안는 것을 느꼈다. 숨 내음이 털을 따라 느껴졌다.

"나는 안 죽어, 야옹아."

후녀가 떨리는 손을 꼭 쥐며 숨을 다스렸다. 연약하면서도 담대하고, 그러면서도 의지에 찬 목소리로 내 귀에 속삭였다.

"이건 네가 젖 먹여 살린 목숨이야. 그러니 세상에서 제일 귀한 것이야. 내가 그리 쉽게 내어 줄 것 같아?"

후녀의 이어진 중얼거림이 내 귀에 꽂혔다. 입 속으로 한 말이라 바람을 타고 아련히 들렸다. 아픔에 헛들은 것도 같았다.

…그것이 산천의 주인이신 위대한 산군께서, 내게 내린 단 하나의 지엄한 명이었으니.

후녀가 내 등에 발을 딛고 일어났다. 군사를 앞에 두고 작은 신처럼 섰다. 병사의 표정에서 후녀의 기백을 느낄 수 있었다.

"왕의 병사는 들으라."

후녀가 말했다. 목소리가 산에 쩡쩡 울렸다. 갓 태어난 어린 날, 그 울음소리로 산 저편에 있는 나를 불렀을 때처럼.

"너희가 지금 나를 죽이려는 것은 왕의 명인가, 아니면 왕후의 명인가?"

병사들이 당황해했다. 지휘관도 멈칫거렸다.

"지금 내 배에는 아이가 있다. 왕의 혈육이다. 너희가 내 몸을 죽이는 것은 허락하겠다. 하지만 너희가 감히 왕의 신하로서 왕손까지 죽이려느냐?"

소요가 커졌다. 아이고, 이 맹랑한 것아, 그 배 속에 아무것도 없는 줄을 내가 알 건만. 하여간 거짓부렁이 아주 입에 배었구나.

나는 문득 주위를 보았다. 마침 해가 산허리에 내려 파도치는 바다처럼 드넓게 펼쳐진 산세를 붉게 물들였다. 계곡마다 피어나는 운무가 불길처럼 화사했다. 나는 몸을 곰실곰실 움직이며, 군사의 시선에서 후녀의 등 뒤로 붉은 해가 빛나도록 은근슬쩍 자리를 맞췄다.

"내 배 속에 든 씨는 왕의 자제다. 시조신과 지모신의 자손이며, 곧 천신의 자손이다. 감히 천손의 피를 흘릴 용기가 있는 자가 있다면 활을 당겨라. 천손의 목숨을 취할 뱃심이 있는 자는 어서 앞으로 나서 칼로 나를 찌르라."

나는 웃었다.

산군의 계절

네가 이겼다. 네가 이겼고 우리가 다 졌다. 그 길었던 혈통의 전쟁도, 여러 세대에 걸친 가문의 염원도, 그토록 많은 이들이 해 온 음모와 암투도 다 모래처럼 허물어지고 말았다. 내가 2백여 년간 싸워 온 일도, 열망했던 꿈도, 애태웠던 바람도, 네 살고자 함 앞에 다 헛일이 되고 말았다.

아, 참으로 다행스럽게도.

*

동천왕(東川王)은 이름이 우위거(憂位居)이며, 어릴 때의 이름은 교체(郊彘)로, 산상왕의 아들이다. 어머니는 주통촌 사람으로 왕궁에 들어와 산상왕의 소후가 되었는데, 역사에 그 족성(族姓)이 전하지 않는다. (…) 왕은 성품이 관대하고 인자하였다.

—《삼국사기》〈고구려본기〉 동천왕 원년(227)[1]

1  《삼국사기》번역 출처: 한국사데이터베이스 https://db.history.go.kr

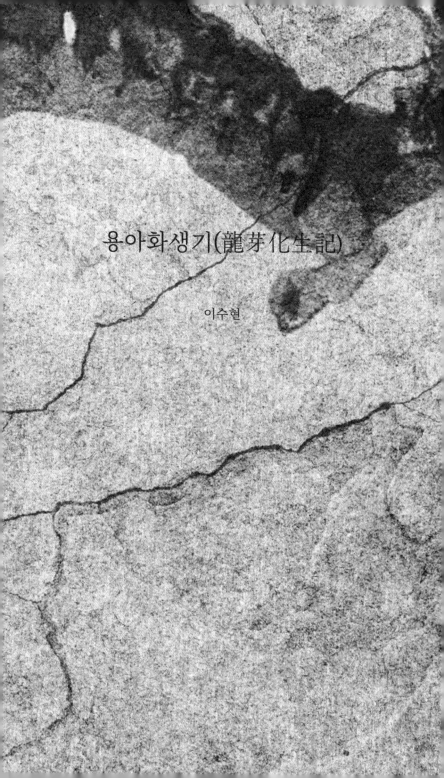

# 용아화생기(龍芽化生記)

이수현

규가 커다란 양철 물통 두 개를 매단 물지게를 지고 가파른 산길을 오르고 있을 때, 하늘이 무너지는 소리가 났다.

쫘르릉.

규는 반사적으로 몸을 숙였다. 푸드덕 날갯짓 소리와 함께 까마귀가 한 번 울더니 사방이 조용해졌다. 규는 잠시 더 탐색하다가 몸을 폈다. 아무래도 총성은 아니었던 모양이었다. 다행이었다. 산에 큰 짐승이 씨가 마른 지 몇 년이니 누가 총을 쐈다면 사냥꾼일 리는 없었고, 무조건 도적 떼였다. 그래도 혹시 몰라 규는 위쪽을 보았다. 구름 한 점 없는 하늘 아래 펼쳐진 절벽 어디에도 사람의 흔적이나 총구는 보이지 않았다. 절벽 위에 위태롭게 자리 잡은 흔들바위도 변함없이 그대로였다. 규는 물지게를 고쳐 지고 다시 걸음을 옮겼다.

마을 뒤 가파른 산길을 오르다 보면, 절벽 사이의 길이 확 좁아지면서 앞을 막아서듯 커다란 바위벽이 나타났다. 바위벽의 구석 틈을 잘 찾아서 몸을 비스듬히 집어넣으면, 몇 걸음 만에 시야가 트이면서 서늘한 물기운이 사람을 반겼다.

바위에 에워싸인 동굴 같은 공간, 하늘을 보고 동그랗게 뚫린 구멍 바로 아래에 못이 있었다. 맑고 깨끗하지만 깊이를 가늠하기 어렵고, 물고기도 살지 않았다. 한여름에도 얼음장처럼 차갑고, 한겨울에도 얼지 않으며, 가뭄에도 마르지 않았다. 마을 사람들은 이곳을 용소(龍沼)라고 불렀지만, 용이 사는 못이라는 그 이름의 유래는 잊힌 지 오래였다.

규는 바닥에 물통을 내리고 쪼그리고 앉아 물을 한 움큼 퍼 마셨다. 살 것 같았다. 시원한 물에 몸을 담그고 땀범벅에 흙범벅이 된 몸을 씻고 싶은 충동이 치밀었지만, 규는 얼굴에만 한번 물을 끼얹고 참았다. 심한 가뭄에도 마르지 않는 용소는 마을의 소중한 보물이었다. 특히나 마을 아래로 흐르던 개울이 거의 마른 지금은 마을 사람 모두의 생명 줄이니, 물 한 방울도 허투루 할 수 없었다.

규가 물을 조금도 낭비하지 않으려고 조심하며 물통을 채우고 뚜껑을 덮었을 때, 다시 그 소리가 울렸다.

꽈르르르릉.

규는 놀라서 통을 엎을 뻔했다가 겨우 균형을 잡았다. 물통 뚜껑을 꽉 닫은 후라 다행이었다. 분명 천둥소리였다. 천둥이 치다니, 드디어 비가 오려나?

그러나 희망을 안고 올려다본 둥그런 하늘은 변함없이 새파랗기만 했다. 해가 뜬 지 얼마 되지도 않았는데, 오늘도 뜨거운 낮일 게 뻔했다.

"쓸 데도 없이 마른천둥이라니."

지난겨울에도 눈이 거의 오지 않더니, 그대로 봄 가뭄이 이어지고 있었다. 이대로라면 그늘막에서 키운 씨감자를 밭에 옮기자마자 다 말라 죽을 위기였다. 수확량이 줄어드는 정도면 그나마 다행이고, 땅이 쩍쩍 갈라질 정도까지 비가 오지 않는다면

모든 희망을 놓아야 했다. 용소마저 없었으면 진작에 그 희망도
사라졌을 것이다.

규는 한숨을 내쉬고 다시 답 없는 하늘을 올려다보았다. 그런데
하늘에서 떨어지는 그림자가 보였다. 규는 눈을 크게 뜨고 까치발을
들었다.

"어어…?"

초록색 그림자는 용소 위로 뚫린 구멍을 그대로 통과하더니
요란한 물보라를 일으키며 용소 한가운데로 떨어졌다.

숨까지 멈추고 보고 있던 규는 물벼락을 맞고서야 정신을
차렸다. 얼굴의 물기를 닦으며 용소를 다시 보았다. 그림자가 수면에
내려앉기 직전에 언뜻 팔다리를 본 것 같기도 했는데, 혹시 매나
독수리가 채 가던 사냥감이라도 떨어뜨린 걸까.

규는 호기심에 이끌려 용소 안으로 미끄러져 들어갔다. 용소의
물은 이가 시리도록 차가워서 꿈같은 기분을 걷어 냈다. 규는 얼얼한
몸을 움직여 천천히 용소 한가운데로 헤엄쳐 갔다.

그림자가 떨어진 자리엔 도마뱀 한 마리가 떠 있었다.

요란한 물보라에 비하면 너무 작았다. 겨우 손바닥만 한
크기였는데 광택이 감도는 초록색 비늘이 정말 예뻤다. 언제나 보던
시들한 풀색과 비슷하면서도 전혀 달랐다. 가끔 물을 뿌린 직후의
새싹 빛깔보다도 더 눈이 부셨다. 물과 함께 두 손으로 퍼 올리자
햇빛을 받아 오묘한 무지갯빛으로 반짝이기까지 했다.

규가 홀린 듯이 그 모습을 보고 있는데, 갑자기 도마뱀이 크게
꿈틀거렸다. 죽은 줄 알았는데, 그게 아니었나 보다. 규가 이걸 다시
내려놓아야 하나 어쩌나 하며 허둥거리자 도마뱀이 그의 손에서
벗어나 허공으로 떠올랐다.

그리고 홀연히 초록색 도마뱀이 사라지더니, 그 자리에 찬란한 초록색 옷을 두른 사람이 나타났다.

아무리 보아도 어여쁜 사람 같기만 했다. 눈앞에서 변신하는 모습을 보아 놓고도, 규는 상대가 원래 사람이 아니었다고 생각하기가 힘들었다. 허공에 뜬 채로도 규보다 눈높이가 높지 않았는데, 동그란 얼굴이 어린아이 같으면서도 또 잠시 보다 보면 나이가 아주 많아 보이기도 했다. 제일 강렬한 것은 긴 속눈썹 아래 자리한 눈이었다. 눈꼬리가 길게 빠진 큰 눈에는 흰자위가 거의 보이지 않았는데, 까만 것 같으면서 은은하게 초록색 광채가 감도는 눈동자가 놀라울 정도로 또렷하게 반짝였다. 늘 흐리멍덩한 마을 사람들의 눈만 마주하던 규는 그 빛이 충격적이었다.

규는 다른 것을 다 제쳐 놓고 '선녀인가?' 하고 생각했다.

그러나 묻기도 전에 상대가 먼저 호통을 쳤다.

"너는 누구냐! 내 집에서 뭘 하고 있지?"

"집이요?"

예쁜 초록색 사람은 이마를 살짝 찌푸리며 규의 물통을 내려다보았다. 규는 심장이 덜컥 내려앉는 것 같았다. 아직 뭐가 뭔지 모르겠지만 만약 용소에 정말로 주인이 있어서 물을 떠 가지 못하게 한다면 큰일이었다. 어떻게든 물은 떠 가야 했다. 당황한 규는 무턱대고 한마디를 내뱉었다.

"사, 살려 주세요, 선녀님!"

"누가 널 죽인다더냐?"

초록색 사람은 어이없다는 듯이 눈썹을 치켜올렸다.

"그리고 선녀는 또 무슨 소리냐. 무례하기는. 용은 너처럼 인간으로 태어나서 그대로 자라는 게 아니다. 당연히 성별 같은 것도 없다."

규는 용이라는 말을 듣고 눈을 휘둥그레 떴다. 용에 대해 아는 건 없었다. 가뭄에 속이 타들어 갈 때 가끔 마을 어른들이 용신 님을 부르는 것을 몇 번 들어 본 게 다였다. 이 못이 용소라고 불리는 이유도 본래 용이 살던 곳이라 여겨졌기 때문이라는 사실도 몰랐다.

초록색 사람은 용소 가운데에 발을 딛고는 주위를 둘러보며 중얼거렸다.

"겉보기에는 변한 게 없는데, 영기가 부족하구나. 산 전체에 영기가 말랐어."

규는 그제야 정신을 차리고 그 말이 무슨 뜻인지 생각했다.

"그러면 여기가 용신 님 고향 집 같은 건가요? 여기서 태어나서 용이 되신 거예요?"

"아직 승천을 못 했으니 용신이라고 할 수는 없지. 나는 아직 용아(龍芽)에 불과해."

상대는 쌀쌀맞게 말하면서 얼굴을 흐렸지만, 규는 당장 용아라는 게 무슨 뜻인지, 상대가 그 말을 하면서 왜 저런 표정을 짓는지 관심을 둘 겨를이 없었다. 규는 납죽 엎드리며 외쳤다.

"용아 님, 용아 님 것인 줄 모르고 그동안 물을 떠다 썼습니다. 그렇지만 가뭄이 심해서 용소 물이 없으면 저희 다 죽거든요. 제발 용서해 주시고 살려 주세요."

"용아가 내 이름이 아니라… 아니, 되었다. 그렇게 불러서 안 될 것도 없지. 예전에는 이 산기슭에 사람이 없었는데, 언제 마을까지 이루었지? 쯧. 줄줄이 죽어 나가는 것도 못 봐줄 노릇이니 너 하나 와서 물 떠 가는 것쯤은 봐주마. 내 수련을 방해하지만 말아라."

규는 그제야 크게 마음을 놓았다. 그리고 마음이 놓이자 어서 물을 떠 가야 한다는 데 생각이 미쳐서 후다닥 물통을 챙겼다.

하지만 물지게를 지고 나서도 발이 바로 떨어지질 않았다. 규는 폭포를 보고 있던 용아를 향해 외쳤다.

"용아 님은 계속 여기 있는… 아니, 계시는 거예요?"

용아는 돌아보지 않았지만, 대답은 순순히 해 줬다.

"빨리 사라지길 바라면 내가 얼른 승천하기만을 빌도록 해라. 물은 떠 가도 좋지만 수련하는 동안 시끄럽게 굴지 말고, 들어오고 나갈 때마다 절을 하고 내 승천을 기원하도록 해. 이 근처에서 살생도 절대로 금지다. 나무도 베지 말고. 알았느냐?"

"예, 예. 꼭 지킬게요."

물통을 지고 내려가는 규의 얼굴에는 자기도 모르게 웃음기가 떠올라 있었다. 짧은 시간에 놀라고 겁먹고 마음을 졸였지만 처음 겪는 일들의 연속에 어쩐지 들뜨고 기운이 났다.

*

용은 신령한 동물이라, 화생(化生)을 한다. 즉, 처음부터 용으로 태어나는 게 아니라, 다른 동물로 태어났다가 오랜 수련으로 몇 단계의 변화를 거쳐 만들어진다. 마치 알로 태어났다가 애벌레와 번데기를 거쳐 나비가 되는 것과도 같다. 잉어든 도마뱀이든 뱀이든 화생하여 용이 될 자질을 타고난 짐승을 용의 싹이라 하여 용아(龍芽)라고 불렀다.

용아가 이 용소에서 도마뱀으로 태어난 것은 벌써 몇백 년도 더 전의 일이었다. 인간에게 몇백 년은 아주 긴 시간이겠지만, 이 용아의 성취는 아주 빠른 편이었다. 한눈 한 번 팔지 않고 무서운

용아화생기(龍芽化生記)

속도로 훼룡이 되었고, 또 순식간에 교룡이 되고, 반룡이 되었다. 이제 마지막 단계만 남았다. 이제 승천하기만 하면 하늘을 날고 조화를 부리며 구름을 부르고 비를 내리는 응룡이 된다. 그것이 진정한 용의 완성이었다.

그러니 도마뱀으로 태어났다 해도 지금은 도마뱀이라고 할 수 없으며, 따라서 도마뱀 시절의 성별도 의미가 없었다. 처음 만났을 때 선녀라고 부른 규에게 용아가 했던 말이 그런 뜻이었다.

다만 문제는 마지막 승천이었다. 누구보다 빠른 속도로 반룡까지 올라왔지만, 이상하게 승천이 잘 되질 않았다. 용아는 초조해졌다. 그래서 성급하게 승천을 시도했다가, 떨어지고 말았다. 마치 나무에서 뚝 떨어지는 서툰 표범처럼 말이다. 떨어지면서 그동안 모은 영력도 많이 잃었다.

용아는 처음으로 두려움을 느꼈다.

지금까지 용아는 태어날 때부터 머릿속에 들어 있었던 것처럼 자연스럽게 용이 되는 길을 알았다. 땅에서 태어났지만 언젠가 하늘로 날아오르는 것이 자신의 타고난 운명임을 알았고 그리되리라 자신했다. 그런데 마지막 단계만큼은 어떻게 해야 하는지 막막했다.

물어보려고 해도 물어볼 곳이 없었다. 이미 승천한 용들은 용아들과 소통하지 않았다. 승천한 용이 되기 전에는 하늘의 말을 알아들을 수 없었다. 답답함에 시달리던 용아는 그나마 제가 아는 제일 나이 많은 반룡을 찾아갔다. 이전까지는 반룡이 된 지 오래인데도 승천하지 못한다며 속으로 업신여기던 이무기였지만, 다른 방법이 보이지 않았다.

이무기는 용아의 마음을 안다는 듯 웃는 듯 마는 듯한 얼굴로 쳐다보더니 이렇게만 말했다.

"용은 제가 태어난 곳을 이해한 다음에 허물을 벗고 날아올라야 하지."

다른 설명은 없었다. 그야말로 혹을 떼러 갔다가 붙인 격이었다. 이리저리 궁리를 해 보아도 그게 무슨 말인지 감도 잡히지 않던 용아는 일단 말 그대로 '태어난 곳'인 이 용소로 돌아왔다.

그랬다가 마주친 것이 규라고 하는 덜 큰 인간 남자였다.

용아는 당황했다.

마지막 승천에서 영력을 얼마나 잃었는지 미처 가늠하지 못하여, 막판에 꼴사납게 하늘에서 떨어지면서 만났으니 당연했다. 떨어지고는 잠시 의식을 잃기도 했던 것 같다. 정신을 차렸을 때 웬 인간의 손에 잡혀 있다는 사실을 알고는 머릿속이 하얗게 비었다. 악심을 품은 자였다면 의식을 잃은 사이에 해를 입을 수도 있었다. 이동하다가 잘못 떨어지기도 처음이었고, 평생 그렇게 무방비하고 위험한 순간을 겪기도 처음이었다. 이루 말할 수 없이 창피하고 부끄럽고 그래서 화가 났다. 그런 꼴을 목격한 놈을 죽여서 지워 버릴까, 살심이 다 일 지경이었다.

그러나 그 인간이 어리바리하게 구는 꼴을 보자 어느새 화가 풀렸다.

*


하늘에서 떨어진 작은 초록색 반짝임은 순식간에 단조롭던 규의 삶 한가운데를 차지했다.

용소를 뺀 규의 세상은 대체로 노란색과 갈색으로 이루어져 있었다. 하늘은 대체로 구름 한 점 없었지만 탁한 파란색이었다. 나뭇잎은 초록색이라기보다는 누런색에 가까웠다. 용소에서부터 외길로 이어진 산 중턱의 마을도 마찬가지였다. 여름의 열기와 겨울의 한기를 막기 위해 땅을 반쯤 파고들어 간 움막집들은 멀리서 보면 무덤 같았다.

"왜 이렇게 느려? 너 기다리다가 말라 죽겠다!"

마을 입구에서 기다리던 황이 할아버지가 역정을 내며 규의 등을 한 대 쳤다. 규는 반사적으로 어깨를 움츠렸지만, 별로 아프지는 않았다. 마을 어른들은 다들 나이가 들어 힘이 쇠했고, 규의 몸은 어른이 다 되어 가고 있었다. 게다가 이번에는 정말 규가 용소에서 시간을 너무 오래 보내기도 했다.

봄이라지만 워낙 뜨겁고 가물어, 몸을 움직이는 일은 아침 일찍 해치워야 했다. 땡볕에 움직이다가는 아차 하다가 픽픽 쓰러지기 일쑤였다. 밭에 뿌릴 물은 아직 개울에서 떠 온다고 해도 사람들이 마실 물은 규에게 기대고 있었다. 규가 물통의 물을 다 붓기도 전에 모여 있던 사람들이 물을 떠 마셨다.

황이 할아버지는 물을 맛있게 마시면서도 아쉬운 소리를 했다.

"다 좋은데 미지근한 게 탈이야. 시원하게 떠 올 순 없냐?"

그나마 마을에서 규를 감싸 주는 이장님이 다가오더니 황이 할아버지를 타박했다.

"또 괜한 소리를 하고 그러시오. 시원하게 마시고 싶으면 직접 올라가시든가."

용소까지 오르는 길은 가파르고 험했고, 바위틈은 좁았다. 황이 할아버지라면 빈 몸으로도 올라가려 할 리 없었다.

그러나 규는 혹시라도 할아버지가 올라가겠다고 할까 봐 얼른 말했다.

"제가 더 서두를게요."

규는 물통 두 개를 얼른 부려 놓고 다시 산 위로 걸음을 돌렸다. 힘이 들기는 했다. 가뭄이 시작되고 처음에는 마실 물을 보충하러 두 번 정도 왕복하면 그만이었지만, 요새는 예닐곱 번은 왕복해야 했다. 오전 내내 물지게를 지고 산길을 오르내리고 나면 어깨에 벌겋게 자국이 남고 온몸이 쑤셨다.

그래도 규는 빈 물통을 지고 산길에 발을 들이며 기대감에 가슴이 부풀었다. 말라서 바스락대는 잎사귀와 풀을 헤치고 용소 입구 바로 앞에 멈춰 서자 기대감과 불안이 교차했다. 잠시 심호흡을 하고, 좁은 돌 틈을 통과했다. 동굴 같은 용소 안 폭포 아래에 가부좌를 틀고 앉아 있는 사람을 보자, 먹은 게 없어도 배가 부른 기분이 들었다.

지난 며칠간 규는 그 모습을 보자마자 물통을 내려놓고 절을 하며 승천을 빌었고, 용아의 반응은 매일 달랐다. 오늘 용아는 눈을 뜨지도 않고 말을 걸지도 않았다. 규는 용아를 방해하지 않으려고 조심하면서 물을 떴다. 그러면서도 흘끔흘끔 쳐다보는 건 멈출 수 없었다.

규는 쉽사리 말을 걸지 못했지만, 용아는 내킬 때마다 규에게 질문을 던졌다. 산기슭 마을에 대해서도 묻고, 농사에 대해서도 묻고, 사람들이 어떻게 사는지도 물었다. 처음에는 대답하기 어려웠지만, 용아를 실망시키기 싫어서 열심히 생각하고 열심히 말했다. 그러면서 규의 말주변도 조금씩 나아졌다.

정말 어려운 질문도 있었다. 이를테면 왜 늘 규 혼자 물을 뜨러 오냐는 질문이 그랬다. 규는 한참 생각하다가 겨우 대답했다.

용아화생기(龍芽化生記)

"저 말고는 마을에 힘 쓸 만한 사람이 없으니까요."

산길은 가파르고 험했고, 꽉 채운 물통은 정말 무거웠다. 규는 배불리 먹지는 못하고 컸지만 타고나길 튼튼했는지 병치레를 잘 하지 않고, 체격도 나쁘지 않았다. 그리고 마을 주민 수십 명은 대부분 노인이었다.

이전에는 이 정도까지 젊은 사람이 없지는 않았다. 몇 년 전에 극심한 가뭄이 닥치기 전만 해도 젊은이들이 교대로 물을 퍼 날랐다. 그러나 이제는 아무도 없었다. 몇 명은 죽었고, 몇 명은 마을을 떠났다.

"너는 왜 도망 안 가고?"

아무도 규에게 던진 적 없는 질문이었다. 규는 잠시 생각했다. 가면 어디로 간단 말인가. 마을 어른들이 늘 욕하는 도시에 가거나, 어딘가의 도적 떼에 합류할까. 아무래도 규가 할 수 있는 대답은 하나밖에 없었다.

"어, 저 말고는 마을에 힘을 쓸 사람이 없으니까요?"

"너, 좀 모자란 녀석이지?"

평소 같으면 그런 말을 들어도 넘겼겠지만, 왠지 용아에게는 한심한 취급을 받고 싶지 않았다. 규는 손을 꼼지락거리면서 나름대로 열심히 항의했다.

"이장님이 우직한 게 제 장점이랬어요."

용아는 잠시 알 수 없는 표정으로 규를 보더니 다른 질문을 던졌다.

"사람이 없으면 기계를 쓰면 되지 않느냐. 그게 인간이 잘하는 일이 아니었던가?"

규는 답을 잘 몰랐다. 아마 마을에는 그럴 돈이 없거나, 기술이

없을 것이다. 하지만 잘은 몰랐다. 용아는 대충 알겠다는 듯이
코웃음을 쳤다.

"뭐, 됐다. 인간의 기계는 시끄럽고 물을 더럽히지. 기름 냄새도
지독하게 풍기고 말이야. 너희 마을이 그나마 그런 짓을 하지 않으니
다행인 줄 알아라."

용아는 한 번씩 인간에 대해서 좋지 않은 감정을 비치곤
했다. 인간이 잘못하고 탐욕을 부려서 땅이 황폐해지고 영기가
말랐다고도 했다. 때로는 "그것 때문에 내 승천이 이렇게 힘든지도
몰라. 너희야 자업자득이지만, 나는 무슨 죄란 말이냐" 같은 소리를
하며 짜증을 내기도 했다.

규는 할 말이 없었다. 아마 신령한 용아의 말이 맞으리라. 살아
있는 게 죄인 존재도 있는 법이니까.

*

용아는 자신이 한번 말했다고 그걸 곧이듣고 용소에 들어올
때마다 꼬박꼬박 절을 하며 승천을 기원하는 규를 보면서 피식
웃었다.

지금까지는 인간에게 관심을 두지 않았다. 인간이 시끄럽다는
정도는 알았다. 산과 들을 바꾸고, 화약과 기름과 피와 썩은 냄새를
풍겼다. 죽이기도 많이 했다. 다른 반룡들도 인간의 탐욕에 대해
자주 이야기했다. 인간이 모여 사는 곳에는 다른 생명이 줄어들고
영기가 말랐다. 그러니 딱히 좋게 여길 수가 없었다. 그러나 실제로
인간을 가까이에서 접하기는 처음이었다.

사실 인간이 아니라 어떤 짐승이든 마찬가지였다. 누구보다

빠른 속도로 화생을 거듭했다는 것은, 다른 일에 한눈을 팔지
않았다는 뜻이다. 용아는 다른 지상의 생명을 모두 영기로밖에 보지
않았다. 영기란 세상을 가득 채우는 생명력이고, 살아 있는 모든
것을 순환하는 기운이기에 그 과정에서 이치와 경험을 길어 낸다.
영기는 승천을 위해 꼭 필요한 양분이었다.

섣부르게 승천을 시도하다가 영력을 많이 날렸기에 다시
모아야 했다. 이 용소가 영기를 다시 모으기 좋은 곳은 아니지만,
그래도 인간들이 성가시게 하지도 않았고 시끄럽지도 않았다.
용아는 오래된 이무기가 혹시 자신을 골탕 먹이려고 거짓말을 한
것은 아닐까 하는 의심을 제쳐 두고, 일단은 며칠 더 있어 보기로
했다.

*

규는 이 며칠이 평생에서 제일 즐거웠지만, 그렇다고 용소
바깥의 현실마저 좋아진 것은 아니었다.

여전히 비는 내리지 않았고, 용소로 흘러드는 폭포마저
가느다란 물줄기 몇 가닥으로 줄어들었다. 규는 이제 용소를 열
번씩 왕복해야 했다. 그러나 먹을 것은 더 빈약해졌다. 힘을 써야
하는 규에게 산나물죽을 몇 입이라도 더 챙겨 주기는 했지만, 어느
날 아침에는 다 채운 물통을 지고 일어나다가 힘이 없어 휘청할
정도였다.

가뭄이라는 재난은 조용하고 느리게 생명을 말려 죽였다. 그저
비가 오지 않고, 강물이 마르고, 흙이 퍼석하게 부서지는 일이 다가
아니었다. 그저 밭에 심은 작물이 말라 죽고, 제대로 씻지 못하고,

목이 마른 일상이 다가 아니었다. 가뭄이 거듭되며 해마다 꽃이 덜
피고, 나비가 줄었으며, 해충은 늘었다. 잎이 마른 데다 나무껍질이
벗겨진 나무들은 산불에 취약했다. 깨끗해 보이는 물에도 세균이
많아지며 돌림병이 번지기도 했다.

몇 년 전에도 마을 사람들이 많이 죽었다. 규는 그때를 별로
생각하고 싶지 않았다. 떠올리기만 해도 배 속이 뒤틀리고 입 안에
쓴맛이 돌았다. 그러나 생각하지 않으려 해도 계속 비가 오지 않으면
어쩌나 하는 두려움을 떨칠 수는 없었다.

감자밭은 용소에서 퍼 온 물로 겨우 살렸건만, 웬 짐승이 와서
어느 날 밤사이에 반이나 망쳤다. 어떻게 살린 감자인데, 새로 난
잎만 골라서 따 먹고 발자국만 남겨 두니 다들 격분했다. 이 산에 큰
짐승은 다 씨가 마른 줄 알았건만, 흔적을 보니 다 큰 고라니였다.
총을 쏠 줄 아는 노인들은 당장 사냥에 나서자고 성화였지만, 이장은
반대하며 덫을 놓자고 주장했다.

규는 어른들이 알아서 하겠거니 하고 무심히 들어 넘겼다.

그러나 정작 그 고라니와 마주친 것은 규였다.

아침이 되어 규가 물통을 지고 용소에 올라갔을 때, 용아는
보이지 않고 다른 뭔가가 있었다. 고라니 가족이었다. 구석에서
조용히 물을 마시고 있는 깡마른 어미와 그 옆에 몸을 바싹 붙인
작디작은 새끼 둘. 보나 마나 마을 감자밭을 망친 원흉이 분명했다.

생각을 하고 움직인 게 아니었다. 무심코 손을 뻗었을 뿐인데,
규는 어느새 고라니 새끼 한 마리를 쥐고 있었다. 어른들이 잡을
방법을 열심히 궁리하던 짐승이 이렇게 쉽게 잡힐 줄은 몰랐다. 어미
고라니가 놓으라는 듯 컹컹 짖는 소리를 냈다. 규는 당황해서 손에
들린 따끈하고 작은 생명을 내려다보았다. 한번 힘주어 잡기만 하면

용아화생기(龍芽化生記)

죽어 버릴 것 같았다.

죽일 수 있다는 생각만으로도 심장이 덜컹거리고 구역질이
났다. 손이 희미하게 떨렸다.

"왜, 잡아먹으려고?"

등 뒤에서 날아온 목소리에 규는 화들짝 놀라 고라니 새끼를
던져 버릴 뻔했다. 다행히 고라니를 던지거나, 손아귀에 힘을 주지는
않았다. 규는 불에 덴 듯 흠칫하며 새끼를 내려놓고 몸을 돌렸다.

"여기서 사, 살생은 금지라고 하셨잖아요. 안 어겨요."

"잊지는 않았구나."

용아는 어깨를 으쓱이며 고라니 가족에게 다가갔다. 어미
고라니는 컹컹 짖기만 할 뿐, 움직이지는 않았다. 이제야 다리에
굳은 피가 눈에 들어왔다. 덫에 걸렸다가 도망친 모양이었다.

"그러면 산 채로 잡아 갈 테냐?"

규는 입술을 물었다.

불쌍하고 말고의 문제가 아니었다. 고라니가 살아 있으면 또
밭을 망칠지 모른다. 그러면 마을 사람들이 굶어 죽을 수도 있다.
하지만 규는 한참이 걸려서 겨우 제 마음을 뱉어 냈다.

"저는, 싫어요."

죽이고 싶지 않았다. 죽는 모습을 보고 싶지도 않았다. 그러나
답하자마자 죄책감이 찾아왔다. 마을 사람들을 생각하면 고라니를
잡아서 마을로 내려가는 게 맞았다. 하지만 여기는 용아의 영역이
아니냐고 규는 스스로의 행동을 변명했다.

"용아 님이 치료해 주시나요?"

"내가? 왜?"

규는 순간 당황했지만, 왜냐고 되묻지는 못하고 입에서 나오는

대로 말했다.

"그, 그러면 그냥 놔둬요?"

"치료하고 싶으면 네가 하려무나."

그렇게 얼떨결에 규가 고라니의 상처를 돌보게 됐다. 조심조심 다가갔지만 어미 고라니가 이를 드러내고 으르렁거렸다. 혼자 손으로 붙들고 다리까지 살피기는 무리였다. 규는 몇 번이나 실패하고는 용아에게 부탁했다.

"잠시만 잡고 있어 주실래요?"

"내가?"

용아가 황당하다는 듯 눈을 부릅떴다. 그래도 같이 땅바닥에 쪼그리고 있어서 그런지 무섭지는 않았다. 규는 고개를 끄덕였다.

용아는 피에 닿지 않도록 어정쩡하게 고라니를 잡았다가, 규가 빤히 쳐다보자 자세를 조금 바꿨다. 영 자세가 엉성한 게, 마치 고라니를 겁내는 것도 같았다. 설마 그럴 리야 없겠지만 말이다. 규는 속으로만 조금 웃으면서 고라니의 상처를 물로 씻었다. 고라니가 움찔거리고 벗어나려고 할 때마다 용아가 같이 움찔거리는 게 느껴졌다. 용아의 서툰 보조 덕분에 덫에 다친 상처를 씻고 옷을 찢어 다리를 싸매는 데까지 시간이 한참 걸렸지만, 규는 차마 잔소리를 하지 못했다. 겨우 응급처치를 끝내고 주저앉았을 때는 서늘한 용소 안인데도 땀이 잔뜩 나 있었다.

규는 물을 한 움큼 퍼서 얼굴에 끼얹은 후에야 긴장이 풀렸다. 치료라고 할 수도 없지만 뭔가를 했다는 사실이 뿌듯했다. 용아와 함께했다는 사실은 더 좋았다. 조금 전 고라니를 안고 어쩔 줄 몰라 하던 용아의 모습은 신령이라기보다는 귀여운 동생 같았다.

규의 불경한 생각을 듣기라도 한 것처럼, 용아가 쌀쌀맞은 투로 말했다.

"네가 이럴 줄은 몰랐다. 배가 고파 보이던데."

어미 고라니 한 마리와 새끼 고라니 두 마리면 깡말랐다고는 해도 마을 사람들이 잔치를 벌일 만한 양이었다. 덫을 놓고 총을 잡는 어른들이 고기 맛을 볼 기대에 눈을 빛내는 것도 보았다. 규는 다시 속이 안 좋아졌다.

"배고프긴 한데요. 저는 고기 안 좋아해요."

용아는 고개를 갸웃했다.

"내가 이곳에서 살생을 금하기는 했지만, 살기 위해 짐승이 서로를 잡아먹는 것이 나쁘다고 생각하지는 않는다. 생명은 결국 생명을 먹고 살기 마련이지. 어쩔 수 없는 일이야. 너는 왜 고기를 싫어하는 거냐?"

대답하기 힘든 질문이었다. 규는 한참 만에 기어들어 가는 목소리로 말했다.

"저도 제가 이기적인 건 알아요."

용아는 긴 속눈썹을 치켜떴다.

"그것참 희한한 대답이로구나."

규는 가슴속에 돌을 얹은 기분이었다. 용아는 더 묻지 않고 어미 고라니를 살폈지만 어린아이 같은 얼굴에 복잡한 표정이 깃들어 있었다.

"걱정이 되기는 해요. 상처가 나아서 또 밭을 망치러 오면 큰일이라서요. 가뭄이라 힘겹게 키운 씨감자 싹을 반 넘게 얘들이 먹어 치웠더라고요. 그래서 어르신들은 원수처럼 미워해요. 배가 고파서만이 아니고요. 우리가 죽냐, 쟤네가 죽냐인 거죠. 잘못하면 쟤들이 밭을 망쳐서 우리도 망하고, 덫에 다시 걸려서 쟤네도 망할지 모르겠어요."

앞뒤 없이 중얼거리고 나니 규는 괜히 뻘쭘했다. 용아는 말이 없다가 손을 내밀어 세 마리를 같이 안아 들었다.

"이 녀석들을 다른 산으로 옮겨 주는 정도는 할 수 있다."

규는 놀라서 용아를 쳐다보았다. 그런 일을 할 수 있다니 역시 신령님이었다.

용아는 세 마리를 안은 채 어딘가로 사라졌다. 규는 고라니 가족이 좋은 곳에 가서 살았으면 좋겠다고 생각했다. 가뭄도 없고, 사람의 농사를 망칠 필요도 없는 곳에서 근심 걱정 없이 살면 좋겠다고.

먹은 게 없는데도 배 속이 꽉 찬 기분이었다. 누군가를 도운 기분, 뭔가를 준 기분이었다. 특식보다 더 사치스러웠다.

\*

용아는 따뜻한 짐승을 품에 안아 보는 게 처음이었다.

지금까지 수련에 매진했을 뿐 다른 반룡들처럼 한눈을 팔거나 산신령 노릇을 한 적이 없었다. 그런 일에 영력을 낭비하기도 싫어서 규에게 알아서 하라고 한 거였는데, 그 덕분에 고라니를 붙들고 있게 될 줄이야.

부정한 피가 몸에 닿는 것이 꺼림칙하면서도 잘못 힘을 줬다가 품에 안긴 고라니가 부러지거나 죽어버릴까 봐 겁이 났다. 오랜 수련 중에 이렇게 난처했던 적이 없었다.

이상하게 화가 나지는 않았다. 치료에 영력을 쓰기도 싫었으면서 고라니 세 마리를 살 만한 곳으로 옮겨 준다고 해 버린 스스로가 어이없을 뿐이었다.

어쩌면 까마득한 옛날이 떠올라서였을까.

용아는 새끼 고라니를 조심스럽게 쥐어 보며 생각했다.

용아에게도 무력했던 때가 있기는 했었다. 아주 오래전, 태어난 지 얼마 안 된 작은 도마뱀이었던 시절이. 오랜 세월이 지나 거의 잊어버렸던 기억이었다. 겨우 떠올린 기억도 아득히 멀기만 하니 그때 어떤 감정을 느꼈는지 같은 것은 알 수가 없었다. 지금의 경험이 훨씬 생생했다. 어쩌면 이무기가 말한 '태어난 곳을 이해하라'는 말이 이런 걸 가리킨 걸지도 몰랐다.

*

다음 날, 규가 풀 줄기를 씹으면서 물통을 지고 올라가 보니 용소에 용아가 보이지 않았다. 별생각 없이 물을 길어서 마을에 부려 놓고 다시 올라갔지만, 여전히 없었다. 한 번을 더 왕복해도 마찬가지였다. 지난 열흘 동안, 잠깐씩 보이지 않은 적은 있어도 이렇게 오랫동안 종적이 없었던 적은 없었다. 한참을 용소 주위를 헤집고 다니던 규는 너럭바위에 털썩 주저앉았다. 웬지 또 배가 뒤틀리는 기분이 들었다.

"옜다."

시무룩하게 앉아 있던 규는 차가운 것이 볼에 닿자 펄쩍 뛰어올랐다.

획 돌아보니 용아가 서 있었다. 규보다 조금 작은 키에 동글동글한 얼굴, 기름한 눈매. 초록빛 광채가 도는 까만 눈동자. 규가 멍하니 쳐다보고 있으니 용아가 눈썹을 꿈틀거리며 손에 쥔 것을 한 번 더 들이밀었다.

"안 받아?"

"이, 이게 뭐예요?"

처음에는 호박인가 했는데 노란 줄이 있는 껍질이 호박과는 달랐다. 용아는 귀찮다는 듯이 훌쩍 뛰어 폭포 아래로 돌아갔다.

"먹어라."

별생각 없이 한 입 베어 문 규는 숨까지 멈추고, 눈을 크게 떴다.

강렬한 단맛에, 머리를 세게 얻어맞은 듯한 느낌마저 들었다. 평생 이렇게 달콤한 것을 먹어 본 적이 없었다.

그다음으로 놀라운 건 그 촉촉함이었다. 물기가 입 안을 가득 적시는 느낌.

시원했다. 힘겹게 산길을 오르고 나서 용소에 들어섰을 때 느끼는 청량함과 비슷하면서, 좀 더 속이 시원해지는 느낌이었다.

향기롭기도 했다.

종합하자면, 이렇게 맛있는 걸 먹어 본 기억이 없었다.

규는 즙 한 방울도 떨어질까 조심하면서 노란 열매를 햇빛에 받쳐 들었다. 샛노란 껍질과 하얀 속살이 눈이 부셨다. 평생 먹어 온 채소와 열매는 이 열매에 비하면 퍼석하니 마른 흙 맛이었다. 아니, 이 열매에 비하면 지금까지 먹어 온 모든 것은 죽은 맛이었다. 아니, '맛'이라는 것이 없었다.

몇 입을 더 베어 물고 씹어 삼키던 규는 슬쩍 눈치를 보았다. 폭포 아래 바위에 앉아 눈을 감고 있던 용아가 나른한 목소리로 말했다.

"뭐, 왜?"

"이런 건 어디서….."

어디에서 가져오셨어요? 어디에서 구할 수 있어요? 규가 정확히 뭐라고 말해야 할지 몰라 어물거리고 있으니 용아가 대답했다.

"참외 말이냐? 하류에서 키우더라."

규는 하류가 무슨 말인지 몰랐지만, 용아가 알아서 말을 이었다.

"용소의 물이 어딘가로 흘러 나가는 건 알고 있지? 여기부터 지하로 들어가서 너희 마을을 지나친 다음에 다시 지상으로 가늘게 이어지거든. 그게 흘러 흘러 도시까지 가는데, 그 중간쯤에 천막을 씌워서 과일과 채소를 키우는 땅이 있단다. 거기서는 강물을 기계로 뽑아다가 펑펑 뿌려 가면서 키우더구나."

규는 그림을 그려 보려고 했지만, 잘되지 않았다. 비슷한 것을 본 적도 없으니 상상이 불가능했다.

어른들은 보물 같은 용소가 있는 우리는 복받은 거라고 했다. 바깥세상에는 마실 물도 없어서 죽어 가는 사람들이 널렸다고 했다. 저 남쪽에서는 가뭄이 몇 해나 계속 이어져서 결국 살던 곳을 포기하고 도망친 사람들이 도적 떼가 되었다고도 했다.

그런데 어딘가에서는 물을 펑펑 뿌리면서 살기도 하는구나. 이렇게 맛있는 걸 먹기도 하고.

규가 입을 멈추고 멍하니 서 있자 용아가 퉁명스럽게 말했다.

"마저 먹고, 비틀거리면서 다니지나 말아라."

말투는 아니지만 말에 담긴 뜻은 친절했다. 마음 한구석에 은근하게 불이 켜지는 기분이었다. 규는 행복한 기분으로 아작아작 노란 과일을 먹어 치웠다.

그 후에도 용아는 간간이 규에게 먹을 것을 갖다줬다. 참외도 여러 번이었고 다른 과일도 있었다. 하나같이 몇 번이고 그 기억을 곱씹으면서 행복해할 만큼 맛있었다.

처음에는 별생각이 없었다. 고라니들이 살 만한 곳을 찾느라 영력을 낭비한 김에, 눈에 띄는 먹을 것을 집어 왔을 뿐이다. 그러나 참외를 한 입 먹고 몸 안에서 불이라도 켜진 듯이 호들갑스럽게 반응하는 규가 재미있었다. 겁이 많은 듯하면서 자신에게 아무 부탁이나 하는 것도 재미있었고, 죽는 것은 무서워하지도 않으면서 마을 사람들 생각만 하는 것도 기이하니 재미있었다. 늘 배고파하면서도 고기는 먹기 싫어하는 것도 재미있었다. 무릇 모든 짐승은 살기 위해서 살아가는 법. 초식동물이라 해도 굶으면 동족의 시체를 먹고, 육식동물이라 해도 굶으면 풀을 먹어서라도 살고자 하는 법이다. 그게 자연이었다. 먹을 수 있는 것을 먹지 않겠다는 건 어리석은 짓이다.

그러나 그게 흥미롭기도 했다.

어느새 용아는 영력을 계속 써 가면서 여기저기에서 먹을 것을 가져오고 있었다.

*

가뭄은 계속 이어졌다.

아직 식량이 부족한 정도는 아닌데, 마을 노인이 둘이나 죽었다. 봄 날씨치고 너무 뜨거운 햇빛에 열사병으로 쓰러지고는, 손쓸 겨를도 없이 갔다.

황이 할아버지는 물을 제때 길어 오지 못한 탓이라고 규를 때렸다. 이장님은 그게 왜 규 탓이냐고 말렸지만, 연이 아버지까지

용아화생기(龍芽化生記)

가세해서 발길질을 하자 몇 번 붙잡다가 말았다. 그날 규는 오랜만에 심하게 얻어맞았다. 이장님은 규에게 몇 마디 변명을 했다.

"네가 이해해라. 몇 년 전과 똑같은 분위기로 흘러가니 불안해서 더 그러시는 거다."

규는 이해했다. 그리고 새삼 겁이 더럭 났다. 그때의 배고픔과 고통은 기억 속에 흐릿하게 잠겨 있었지만, 떠올리려고만 해도 배 속이 뒤틀릴 정도로 무서웠다.

그날 밤 꿈에는 마을 동생들이 나왔다. 아직 물을 길으러 다닐 정도로 몸이 크기 전에, 밭일을 하기에도 애매한 나이였을 때, 규는 어른들이 일하는 동안 어린아이들을 돌보는 일을 했었다. 황이가 활짝 웃으면서 달려와 안기던 장면이 퍼뜩 떠올랐다가, 규의 품에서 어린 고라니로 변하더니 규의 손힘을 못 이기고 죽어 버렸다. 식은땀을 흘리며 깨어났을 때는 새벽이었다.

초췌한 얼굴의 규가 멍투성이 몸으로 물통을 지고 용소에 도착했을 때, 용아는 입을 일자로 다물고 있었다. 조금 화가 난 듯도 했다.

"그 상처는 다 뭐냐?"

규는 어색하게 웃고 말았다.

"산길에서 구, 굴렀어요."

용아는 왜 거짓말을 하냐고 추궁하지 않았지만, 규가 절뚝이면서 물통에 물을 채우는 모습을 가만히 지켜보다가 불쑥 물었다.

"왜 그냥 맞고 있는 거냐? 마을 사람 중에서 네가 제일 튼튼하고 힘이 세다면서, 같이 때리지 않고."

용아가 다 알고 있다는 사실에 규는 주춤하고는, 한참 동안 대답을 하지 못했다. 생각을 걸러 내어 말로 만드는 데 시간이 걸렸다.

"그, 그러니까요. 이젠 제가 더 힘이 센데 마주 때리면… 황이 할아버지 큰일 나요. 원래 나쁜 분도 아니고요. 속상해서 그러는 거니까 저만 좀 참으면 돼요."

용아는 코웃음을 쳤다.

"그것들이 너를 참 잘 키우긴 했구나."

비아냥이었지만, 규는 곧이곧대로 들었다.

"그렇죠. 전 부모도 일찍 잃었는데 마을 분들이 잘 키워 주셨어요. 먹을 게 없어졌을 때 절 버릴 수도 있었을 텐데, 그러지도 않고… 저보다 어린아이들이 다 죽었는데 저 혼자 살아남았어요. 황이 할아버지는, 황이가 죽었는데 저는 살아 있는 게, 볼 때마다 속상할 수밖에 없어요."

규는 말해 놓고 조금 후회했다. 용아에게는 자꾸만 하려던 게 아닌 말을 토해 내게 되었다. 들어 줄 사람이 없어서 말하지 않았고, 말하지 않았기에 자신도 제대로 알지 못했던 마음들이 자꾸 쏟아져 나왔다. 그러고 나면 마음이 좋아질 때도 있었지만, 괜히 없던 서러움이나 슬픔이 몰려오기도 했다. 괜한 짓이었다.

"그래도 그렇지. 내가 보기에는 그 인간들이 네게 잘못하고 있다. 일어난 일이 네 책임도 아니고."

규는 용소 물가에 주저앉아서 등을 구부리고 몇 년 전의 대기근에 대해 설명하기 시작했다. 말이 유창하지도 않았고, 자꾸 더듬거나 같은 말을 반복하기도 했지만, 용아는 말을 끊거나 면박을 주지 않고 가만히 들었다.

그때도 시작은 올해 봄과 같았다. 겨울에도 눈이 거의 내리지 않더니, 이른 봄부터 해가 뜨거워 기온이 빠르게 올랐다. 비는 거의 내리지 않았고, 내려도 뜨거운 흙에 몇 방울 뚝뚝 떨어지다가 바로 증발해 버렸다. 농작물이 타고, 산나물도 타고, 그늘을 만들어 줄 나뭇잎마저도 누렇게 말랐다. 개울은 말라붙다시피 했고, 용소마저도 폭포가 끊기면서 수위가 내려가기 시작했다.

그래도 물이 없지는 않았다. 물을 퍼 올 사람도 여럿 있었다. 바닥을 드러낸 개울물은 몰라도, 용소의 물은 수위가 내려가도 아직 깨끗했다. 그러나 마을 사람들은 결국 쓰러졌다. 물 말고는 먹을 게 없어서였다. 보관하던 곡식과 키우던 가축들은 진작에 동이 난 지 오래였다. 어린아이들과 노인들이 쓰러질 무렵에는 종자용 곡식도 먹어 치우고, 벌레든 두더지든 잡히는 대로 먹어야 했다.

규도 쓰러졌다. 열이 올라 비몽사몽이던 기억이 났다. 튼튼한 체질 덕에 다른 아이들보다는 오래 버텼지만, 약도 없고 먹을 것도 없으니 좋아질 가망이 없어 보였다.

그러다가 어느 순간, 따뜻한 고깃국물이 입에 들어왔다. 규는 정신없이 먹었다. 그다음엔 좀 더 걸쭉한 국물을 마셨고, 더 나아지고는 말린 고기도 먹었다.

"그리고 일어났을 때에야 알았어요. 나보다 어린애들은 다 죽었다는 걸."

규는 말을 잇지 못했다. 뭔가 목을 틀어쥔 것처럼 말이 나오지 않았다. 용아는 규를 불쌍해하지도 않고 이상해하지도 않는 얼굴로 쳐다보다가 덤덤하게 말했다.

"그 고기가 죽은 아이들이었더냐?"

규는 오래 물속에 처박혔다가 기어 나온 사람처럼 숨을 들이켰다.

그랬다. 마을에 고기 같은 게 남아 있었을 리 없었다. 굶주림과 더위에 어린아이들이 먼저 죽었고, 산 사람은 살아야 한다는 말을 누군가 실천에 옮겼다.

규가 다른 아이를 먹고 살아났다는 사실을 알게 된 건 황이 할아버지 때문이었다. 왜 황이가 죽고 네가 살았느냐며 이성을 잃고 화를 내다가 불쑥 뱉은 말 때문이었다.

그날부터 규의 목숨은 규의 것이라고 할 수 없었다. 홀로 살아남은 것도 모자라서, 죽은 아이들의 목숨으로 연명했으니 그럴 수밖에.

그러니까 규는 아무리 부려 먹혀도, 뜬금없이 얻어맞아도 할 말이 없었다. 어떤 이들에게는 끊임없이 죽은 아이들을 상기시키는 존재였으니까. 그럼에도 규를 살리기 위해 제 아이를 먹인 노인에게 어떻게 화를 낼 수 있단 말인가.

용아는 못마땅한 티를 내며 말했다.

"그 고기는 너만이 아니라 다른 사람들도 다 먹었을 게 아니냐. 살아남았다면 그걸 먹었다는 뜻이지. 뭐 부모가 제 자식을 먹는 일만은 없도록 서로 바꾸어 먹었을지도 모르겠다만, 어쨌든 누군가를 원망하는 일이 없도록 누가 누굴 먹었는지도 모르게 했을 게다. 너만 탓하는 것은 이상한 일이지."

용아는 절레절레 고개를 저었다.

"애초에 생명이 살아남기 위해 다른 생명을 먹는 것은 자연이다. 어쩔 수 없는 상황이라면 동족을 먹는 것도 그리 이상하지는 않아. 그렇게까지 끔찍하게 생각할 것 없다."

용아가 진심으로 하는 말이라는 것은 규도 알았다. 서툴지만 위로하려는 말이었다. 그래서 마음이 따뜻해지기도 했지만, 동시에

용아화생기(龍芽化生記)

조금 가슴이 아프기도 했다. 그런 말을 듣는다고 마음이 편해지지 않는다는 걸 용아가 이해하지 못한다는 사실만이 와닿았기 때문이다.

용아는 조금 강하게 말을 이었다.

"그것들은 자기들도 그 고기를 먹었다는 사실을 외면하고자 네 탓을 했을 뿐이다. 살기 위해 제 자식들을 먹어 놓고서 너를 미워하는 식으로 도망치다니 비겁하지 않으냐. 네가 책임을 느낄 필요가 없어."

규는 몇 번이고 고개를 저었다. 책임은 그런 문제가 아니었다. 규는 그저 살아가는 게 아니라 누군가에게 가치 있고 싶었다. 예전부터 그랬다. 황도 그렇고, 마을의 어린아이들은 모두 규의 책임이었다. 규에게 주어진 임무였을 뿐만 아니라, 기쁨이었다. 그러나 아무도 지키지 못했고, 끝내는 아이들의 고기까지 먹고 살아남았다. 규는 그냥 슬프고 끔찍했던 게 아니다. 살아야 할 이유가 없어졌다는 점이 최악이었다. 그래서 물을 길어 마을 어른들을 살리는 의무가 주어졌을 때, 규는 안심했다. 힘든 것은 문제가 아니었다.

그런 마음을 규는 말로 잘 풀어낼 수도 없었고, 용아에게 이해시킬 수도 없었다.

규가 답답해하고 있는데 용아가 불쑥 물었다.

"내가 보기에 너는 할 만큼 했다. 혹시 너도 고라니들이 있는 곳에 보내 주랴? 네가 소원한다면 들어주마."

순간 규가 유혹을 느끼지 않았다면 거짓말이었다. 어딘지는 모르지만 용아가 가져다준 노란 과일이나 붉은 과일이 나는 곳, 물을 기계로 끌어다가 펑펑 쓴다는 곳이니 얼마나 좋을까. 그런

곳에서라면 매일매일 비를 기다리며 초조하게 한숨을 쉬는 일도,
속이 뒤틀리는 공포 속에 살 일도, 얻어맞은 몸으로 물통을 지고
산길을 오갈 일도 없으리라. 그러나 그게 다 없어지면 규에게 뭐가
남을까?

그렇지만 막연한 소망이라면 언제나 있었다. 규가 변하지
않아도 모든 게 좋아질 방법은 언제나 주문처럼 외우던
바람뿐이었다.

그래서 규는 말했다.

"소원이라면 비가 오면 좋겠어요. 비만 내리면 다 좋아질
테니까요."

*

규는 '비가 오면 좋겠다'고 말했지만, 용아의 귀에는 '비를 내려
달라'는 말로 들렸다.

신령은 거짓을 입에 담지 않으며, 신령의 약속은 천금보다
중하다. 들어주겠노라고 한 소원은 들어줘야만 했다.

용아는 순간 번쩍 정신이 드는 기분이었다.

비는 승천한 용이라야 내릴 수 있는데, 승천은커녕 영력도 한참
모자랐다. 신통력도 후퇴한 것 같았다.

그 사실을 깨달은 용아는 더럭 겁이 났고, 조금 후회했다. 왜
이상한 데 정신이 팔려서 영력을 낭비했을까. 왜 괜한 일들에 시간을
낭비했을까. 이무기 반룡이 알려 준 단서는 여전히 갈피가 잡히지
않았고, 다시 수련을 서두르려고 해도 영기가 메마른 이 산에서는
이슬을 모으듯 한 방울, 한 방울 영기를 걸러 내야 했다. 아무것도

마음대로 되지 않았다. 순식간에 초조감이 목까지 차올랐다.

그리고 며칠 뒤 용소의 폭포마저 말랐다.

*

폭포가 마른 날, 평소처럼 용소에 도착한 규는 꿈도 꿔 본 적 없는 광경을 보았다.

제일 처음 눈에 들어온 것은 용소의 바닥이었다. 물이 마른 적이 없는 깊고 푸른 용소의 밑바닥이, 흙과 바윗돌로 이루어진 바닥이 보였다. 그리고 눈을 들자, 그 물이 모두 허공에 떠올라 있는 것이 보였다.

보통은 꿈속 같다는 표현을 쓸 테지만, 규는 꿈속에서도 이런 풍경을 본 적이 없었다. 마치 말로만 듣던 폭우 가운데에 서 있는 것 같았다. 다만 쏟아지는 비의 방향이 거꾸로일 뿐. 허공을 채운 용소 물은 투명한 장막처럼 너울거렸다. 물결처럼 겹치고 찢어지는 물의 장막 사이에서 가끔 물구슬과 바윗돌들이 비스듬히 떨어지는 오후 햇살을 받아 반짝거렸다. 사방이 빛이었다. 찬란한 생명의 빛.

그리고 그 빛 한가운데에, 용아가 떠 있었다.

인간의 모습 같기도 했다가, 눈을 한번 깜박이면 아름다운 초록빛 비늘이 반짝이는 것 같기도 했다.

그건 아름다운 게 아니었다. 아름답다는 말로는 담아낼 수 없는, 두렵기까지 한 무엇이었다.

규가 숨도 쉬지 못하고 그 모습을 우러러보는데, 천천히 떠오르던 물이 돌연 멈추더니 용아와 함께 아래로 곤두박질쳤다.

조금 전까지의 평화로움에 비해 그 모습은 흉포하기까지 했고,

거센 바람이 불었다. 규는 겪어 본 적 없지만, 태풍이 온다면 아마 이러하리라. 쏟아지던 물이 소용돌이치며 사방을 때리고, 바윗돌이 서로 부딪쳐 쪼개졌다. 규는 비바람에 비틀거리며 무릎을 꿇었다. 두 팔로 머리를 감쌌지만, 매섭게 얼굴을 때리는 물방울을 다 막을 수는 없었다. 바람에 휘말린 빈 물통이 뎅그렁뎅그렁 종소리를 내며 서로 부딪치다가 쾅 소리를 내며 바위 벽을 때렸다. 규의 몸도 바람에 들썩거렸다. 규는 있는 힘껏 몸을 웅크리고 눈을 꽉 감은 채 이 재난이 지나가기만을 기다렸다.

곧 용소는 언제 그랬냐는 듯이 서늘하고 고요해졌다.

전보다 더 고요했다. 엄청난 소란을 겪은 후라서 더 대비된다기에는, 익숙하던 뭔가가 빠져 있었다. 규는 뒤늦게 물 떨어지는 소리가 사라졌음을 깨달았다. 가뭄이 이어지면서 점점 가늘어지던 폭포의 물줄기가 완전히 멈춰 있었다. 비가 계속 오지 않으면 용소의 수위도 내려간다는 뜻이었다.

용아는 말라 버린 폭포를 바라보다가 건조하게 말했다.

"또 실패구나. 용소가 마르면 내 신력은 더 줄어들 것이다. 이대로는 영영 승천하지 못할지도 몰라. 혹시 지금이라도 마음을 바꾸겠느냐? 내게 아직 들어줄 힘이 있을 때?"

규는 용아가 힘이 빠진 모습을 보고 싶지 않았다. 차라리 화를 내거나 짜증을 내는 모습이 더 나았다. 지금처럼 무감하게 절망하는 모습은 최악이었다. 아마 지금 규의 마음에서 소원을 건져 낸다면, 용아가 원하는 것을 이루고 기뻐하는 모습을 보고 싶다는 마음일 것이다. 그래서 규는 열심히 말했다.

"승천할 수 있어요. 용아 님은 승천해서 하늘을 날고 비를 뿌리게 될 거예요. 제가 도울 수 있는 일이 있다면 뭐든 할게요.

용아화생기(龍芽化生記)

뭐든요."

그것이 규가 짜낼 수 있는 최대한의 마음이었지만, 용아는
쳐다보지도 않고 희미하게 중얼거렸다.

"어찌 하필 너 같은 인간을 만났을까. 차라리 만나지
않았더라면…."

그 말에 규는 가슴이 타들어 가는 것 같았다. 마을 어른들에게
듣던 쓸모없는 놈이라는 욕설이나, 왜 하필 너 같은 놈이 살았냐는
말보다 몇 배는 더 끔찍했다. 아무 도움도 되지 못한다는 사실이
고통스러웠다. 힘들고 고통스럽더라도 뭔가 할 수 있는 쪽이,
아무것도 할 수 없는 것보다는 백배 나았다.

*

꾸역꾸역 채운 영력으로 다시 승천을 시도하다가 다시 용소에
떨어졌을 때, 용아는 함정에 빠졌다고 생각했다. 태어난 곳으로
돌아가라고 했던 이무기 반룡의 말은 자신을 영영 승천하지
못하게 하려는 음모가 아니었을까. 용아는 그 어느 때보다 더
승천에 필사적이었다. 그런데 필사적이 될수록 모든 것이 미끄러져
내려가기만 했다. 신통력도 갑자기 어떻게 부렸었는지 생각이 나지
않았다. 마치 걷는 방법이나 숨 쉬는 방법을 잊어버린 것같이 앞이
캄캄해졌다. 이제는 규에게 과일 하나 가져다주는 것도 불가능했다.

왈칵, 원망의 마음이 솟구쳤다. 왜 하필 처음 만난 인간이
규였을까 하는 한탄의 마음이었다. 규가 보내는 신뢰와 기대의
눈빛을 마주하고 싶지 않았다. 승천도 못 하는 모자란 자신을
인정하고 싶지도 않았다. 최악이었다.

그런 혼란에 잠겨 있다 보니, 주변을 돌아보지 못한 것도 당연했다. 용아는 요란한 소리가 난 후에야 변고가 일어난 것을 알았다.

그러나 마음만 급할 뿐 몸은 뜻대로 움직이지 않았고, 겨우 용소 밖으로 날아갔을 때는 너무 늦었다. 너무 늦었다.

*

전에 없이 어두운 얼굴을 한 규에게 폭포가 말랐다는 말을 들은 이장님과 마을 어른들은 심각한 얼굴로 회의를 거듭했다. 지금까지 용소가 바닥을 드러낸 적은 없었지만, 수위가 절반으로 내려간 적은 한 번 있었다. 몇 년 전의 대기근 때였다. 조금이라도 그때와 같은 일이 반복될 징조가 보이자 다들 공포에 질릴 수밖에 없었다.

아직은 곡식도 조금 남아 있었고, 산나물도 버섯도 있었다. 이 집 저 집에서 다시 기르기 시작한 가축들도 어리기는 하지만 남아 있었다. 그러나 몇 년 전의 대기근 때는 이것보다 사정이 나았는데도 아이들이 다 죽어 나갔다. 또 그런 일이 닥치면 버틸 수가 없었다.

규는 늦게까지 회의를 하는 중에도 용아만 생각했다. 그래서 이장이 짐을 싸라고 했을 때 바로 이해하지 못했다.

"마을을 떠나요? 왜요?"

마을을 버리고 산 아래로 내려가자는 얘기는 대기근 직후에도 나왔었다. 살아남은 젊은이들이 다 도망치고 떠났을 때쯤이었다. 그러나 마을 어른들은 가면 어딜 가겠느냐고, 어딜 가도 나을 것 없다며 산 아래가 얼마나 끔찍한 곳인지 말했다. 나라님은 없는 것이나 다름없고, 관리라는 것들은 가뭄보다 더 끔찍하며, 도적과

용아화생기(龍芽化生記)

난민이 활개를 친다고 했다. 여기는 가진 게 없어서 나쁜 놈들의 주목도 받지 않고, 용소가 있어서 물이 부족하지도 않으니 이게 얼마나 큰 복인지 모른다고, 이장도 여러 번 말했었다.

그런 이장이 지금은 씁쓸한 얼굴로 고개를 저었다.

"이대로 다 죽을 수야 없지 않으냐. 지난번에도 간신히 살았는데, 이번엔 정말로 못 버틴다. 남쪽에서 올라온 군대가 생각보다 믿음직하더라. 그쪽에 희망을 걸어 보기로 했다."

"그런 거 다 헛소문이라면서요. 말이 군대지 이상한 걸 믿는 놈들이라고, 미친놈들이니 도시 놈들보다 더 나쁠 거라고, 못 믿는다고 하셨잖아요!"

이장은 헛기침을 하며 고개를 슬그머니 돌렸다.

"믿을 수 있는 소식통이 있어. 재이가 거기 있더라."

재이는 대기근 직후에 마을을 떠났던 이장의 아들이었다. 도시로 도망친 줄만 알았는데, 알고 보니 그동안 남쪽 군대와 함께하고 있었다고 했다. 이장은 기대감을 숨기지 않은 채, 규에게 짐짓 온화하게 말했다.

"거기서는 모든 사람을 공평하게 대한다더라. 마침 잘되지 않았느냐. 이제 너도 물지게만 지지 말고 좀 사는 것같이 살아 봐야지."

마을에서 그나마 규에게 온정적이었던 이장이지만, 지금은 친절한 그 말이 고맙지 않았다. 늘 하던 일이 필요 없어진다는 것도 전혀 좋지 않았다. 무엇보다도 다시는 용소에 가지 못하고, 다시는 용아를 보지 못한다니. 받아들일 수 없었다.

규는 돌아가지 않는 머리로 더듬더듬 말했다.

"그러면… 그러면 저는 남을게요. 안 떠날래요. 전 여기서 혼자

살 수 있어요."

마을에서 규의 역할은 물지게꾼이었다. 물을 길을 필요가
없다면 규를 원하는 사람도 없을 거였다. 그러니 혼자 남는대도
뭐라고 하지 않으리라 생각했건만, 이장은 헛웃음을 지으며
충격적인 말을 뱉었다.

"무슨 말도 안 되는 소리야, 이 아둔한 놈아. 그 사람들이
물차하고 펌프하고 다 가져올 거다. 기다란 관을 꽂아서 물을 다
뽑아낼 거니까, 너 혼자 여기 남았다간 그냥 죽는 거야."

"물을… 뽑아내요? 물을 가져간다고요?"

규가 경악해서 쳐다보자 이장은 헛기침을 하며 가슴을 폈다.

"그래. 우리도 빈손으로 갈 순 없지 않으냐. 다행히 재이가
연결해 준 사람들이 다른 재물보다 물을 반긴단다."

무작정 마을을 포기하고 내려간들 희망이 있을 리가 없었다.
나라가 멀쩡하게 돌아갔다면 구휼 식량이라도 얻고 지원이라도
받아서 살아남을지 모르지만, 이제는 어림도 없는 이야기였다.
사람을 팔려고 해도 이제 마을에는 노인들뿐이었으니, 아무 가치가
없었다. 마을에서 가치 있는 것이라고는 물뿐이었다. 용소의 물.
그러니 그걸 넘기고 살아남기로 했다고 했다.

규는 상상도 하지 못한 일이었다.

용소를 팔다니.

산에 있는 짐승들의 생명 줄인 그 물을 어떻게 다 말려 버리게
둔단 말인가. 게다가 그건 용아가 승천하기 위한 보금자리인데,
애초에 마을 사람들의 것도 아니고 용아의 물인데.

"안 돼요! 절대 안 돼!"

잠시의 마비 상태에서 깨어난 규는 맹렬히 반대했다. 규가

용아화생기(龍芽化生記)

어른들의 결정에 반대하기는 처음이었고, 이렇게 큰 소리를 내기도 처음이었다. 그래 봐야 소용없었다. 어른들은 규를 빼고 결정을 내리는 데 익숙했고, 이것이 너에게도 제일 좋은 결정이라며 배은망덕하다고 역정까지 냈다.

규는 속이 타서 가슴을 두드렸다. 마음이 다급하니 말이 더 제대로 나오지 않았다.

"천벌받아요! 용소를 더럽히면 큰일 난다고요! 거기다가 용소를 말려 버리기까지 하면, 다시는 비가 오지 않을 거예요!"

"헛, 어디에서 이상한 소리를 듣고 망발이야? 이놈아, 그나마 나니까 넘어가는 거지, 어디 가서 그런 말 했다간 큰일 난다. 비가 안 온다느니 그런 말은 입에 담지도 말아!"

이장은 규가 필사적으로 하는 말을 웃어넘겼다. 일은 이미 다 진행되어 있었다. 내일이면 사람들을 용소로 안내해 주고, 약속된 보상을 받아서 마을을 떠난다고 했다.

규는 잠을 이루지 못하고 머리를 싸맸다.

어떻게든 용소를 지켜야 한다, 어떻게든 해야 한다는 생각이 머리를 가득 채웠다. 용아에게 말하자는 생각은 처음부터 떠오르지도 않았다. 규는 부탁하는 법을 몰랐다. 도움을 구하는 데 익숙하질 않았다.

규는 한참을 끙끙거리다가 번쩍 고개를 들었다.

용소로 올라가는 길이 얼마나 좁은지 떠올랐다. 그리고 마지막 절벽 길 위에는 커다란 바위가 있다는 사실도.

아직 해가 뜨려면 먼 시간이었다. 살금살금 마을 창고로 향한 규는 엽총을 한 자루 집어 들었다가 도로 내려놓았다. 대신 곡괭이를 챙겨 들었다.

어둠 속에서 산을 오르는 건 위험한 짓이지만, 오랫동안 같은 길을 오르내린 규의 발은 어둠 속에서도 길을 잘 짚어 올라갔다. 물지게를 지지 않은 몸이 가뿐해서 나무뿌리며 돌에 걸리는 일도 없었다. 규는 뛰듯이 산길을 오르면서 절벽 위로 올라갈 만한 옆길을 찾았다. 넘어져서 구르면 큰일이라는 생각도 별로 들지 않았다. 이제는 물을 떠 올 사람이 없어도 되니, 규가 책임질 게 없었다.

지금 규가 해야 할 일은 오직 용소를 지키는 것밖에 없었다.

겨우 절벽 위로 기어 올라가기 적당한 지점을 찾았을 때, 규는 잠시 망설였다. 마지막으로 한 번 더 용소를 보고, 용아를 보고 싶었다. 하지만 곧 고개를 내저었다. 마을 어른들은 일찍 일어나니, 눈치채기 전에 최대한 빨리 할 일을 해치워야 했다.

용소로 가는 산길 벽을 기어오르면, 절벽 끝에 흔들바위라고 불리는 크고 둥근 바위가 아슬아슬하게 얹혀 있었다.

곡괭이를 짊어진 규가 흔들바위 옆에 섰을 때는 동쪽 하늘이 밝아 오고 있었다. 규는 잠시 탁 트인 하늘을 보며 땀을 식혔다. 구름 한 점 없이 넓게 열린 하늘도, 뿌옇게 타오르는 듯한 새벽빛도 아름다웠다. 잔인한 아름다움이었다. 오늘도 비가 올 리 없다는 것을 알려 주는 아름다움. 규는 잠시 하늘을 보면서 용소에서 보았던 눈부신 초록빛을 떠올렸다.

그리고 곡괭이를 단단히 쥐었다.

흔들바위라고 불린다고 해도 절벽 끄트머리에 아슬아슬하게 얹혀 있을 뿐, 실제로 흔들리지는 않았다. 밀어서 떨어뜨리려면 아래쪽을 파내야 했다. 곡괭이질을 몇 번 하니 해가 머리 위로 떠올랐다. 왜 작은 물통이라도 챙겨 오지 않았는지, 목이 말랐다. 그러나 규는 멈추지 않고 곡괭이질을 계속했다. 같은 일을 반복하는 것이라면 자신 있었다. 규는 목이 마를 때마다 물과 함께 떠오르던 용아의 모습을 떠올리고 다시 손을 움직였다.

한참을 바위 아래 흙을 깨고 나서 어깨를 대고 밀어 보니 이제 움직일 것 같았다. 규는 먼지투성이 소매로 얼굴의 땀을 훔쳐 내고 나서 곡괭이를 내려놓았다. 몸으로 있는 힘껏 밀다 보니 같이 떨어질 것 같아서, 주저앉아서 두 발로 마저 밀었다.

꿈쩍도 하지 않을 것 같던 바위지만, 일단 움직이기 시작하자 일사천리였다. 곡괭이로 부숴 놓은 절벽 흙이 같이 무너져 내리면서 천둥 같은 소리가 울리고, 바위가 굴러떨어졌다.

규는 요란한 소리와 진동이 지나가고 나서야 겨우 움직일 수 있었다. 온몸이 흙먼지투성이였다. 그래도 흔들바위가 없어진 것을 본 규는 두 주먹을 불끈 쥐고 혼자서 펄쩍펄쩍 뛰었다. 큰일을 해냈다는 기쁨이 짜릿하게 머리끝까지 차올랐다.

절벽 아래를 내려다본 규는 움찔했다. 바위를 떨어뜨려서 산길을 막자는 생각이었는데, 지금 보니 지형이 변해 있었다. 큰 바위 하나가 굴러 내려가고 끝이 아니라 그 서슬에 아래쪽의 나무들이 다 쓰러졌고, 말라서 퍼석해져 있던 흙도 충격에 같이 쓸려 내려가 있었다. 연쇄적인 흙사태는 아직 끝나지 않았는지 우르릉우르릉 소리가 연이어 울렸다.

이렇게 큰일을 벌일 생각은 아니었는데.

규는 괜히 목덜미를 긁으며 어쩔 줄 모르다가, 용소 쪽을 보고서야 마음을 가라앉혔다. 어쨌든 용소로 가는 길이 돌과 흙으로 꽉 막혔으니 충분했다. 이제 용소는 진짜 동굴이 되었다. 들어갈 방법은 천장에 있는 구멍뿐이었다.

규는 용소 쪽을 한참이나 보다가 천천히 절벽을 내려갔다. 달리

갈 곳이 없었다. 마을로 돌아갈 수밖에.

*

토사가 마을 입구까지 쏟아져 내려가 있었고, 마을 사람들은
겁에 질려서 우왕좌왕하고 있었다. 규가 마을에 없다는 걸 알아차린
사람도 없는 눈치였다.

그러나 규가 웃으며 흙투성이가 되어 걸어오자 모두가 바로
알았다.

"너! 네가 아주 제대로 미쳤구나!"

분김에 따귀부터 때린 사람은 이장이었다. 옆에 있던 황이
할아버지는 규의 정강이를 걷어찼다.

"은혜도 모르는 놈! 다 우리 모두 살자고 한 짓인데 그걸 훼방을
놔? 마을을 위험에 빠뜨려? 내가 너를 어떻게 살렸는데! 어? 이런
독사인 줄 알았으면 널 살리지 않았다! 황이 대신 네가 죽었어야
하는 걸 이제까지 내가 봐줬더니 은혜도 모르고⋯."

나동그라진 규에게 매타작이 쏟아졌다.

황이 할아버지나 다른 몇 명의 발길질은 익숙했지만, 이장의
몽둥이는 익숙하지 않았다. 곧이어 합세한 다른 몇 명의 발과 손은
누구인지 알 수 없었다. 규는 팔로 머리를 감싸고 몸을 말았다.
이제까지 얻어맞을 때는 잠시만 견디면 지나간다는 믿음이
있었는데, 이번에는 머리통으로 날아오는 발길질에 살기가
느껴졌다. 공포는 분노보다 더 폭력적이었고, 제어가 되지도 않았다.

두들겨 맞다가 의식을 잃은 규가 겨우 정신을 차렸을 때는
용아가 눈앞에 서 있었다.

용아화생기(龍芽化生記)

규는 잠시 헛것을 본다고 생각했다. 머리가 어지러웠다. 팔다리는 나무둥치에 묶여서 잘 움직이지 않았다. 계속 목이 말랐고, 용소가 그리웠다. 그래서 용아도 보인다고 생각했다.

그러나 입술을 축이는 물은 환상이 아니었다. 규는 언제 풀렸는지 모를 두 손을 뻗어 그릇을 잡고 익숙한 용소의 물맛을 음미하다가, 터져 나오는 기침에 물과 피를 함께 뱉어 냈다. 아마도 배를 걷어차였을 때, 뭔가가 터지거나 찢어진 것 같았다.

"소원을 바꿔라."

용아의 눈이 번득였다. 이전에는 눈에 빛이 돌면 깊고 그윽한 초록빛이 비쳤는데, 지금은 어쩐지 핏빛 같았다. 규는 그 눈을 멍청히 보기만 했다.

언제 소원을 빌었던가, 기억이 나지 않았다. 그러나 용아는 조급하게 발을 굴렀다.

"소원을 바꿔! 생명을 살리고 죽이는 건 내 마음대로 못 한단 말이다. 비 같은 건 아무래도 좋으니까 너를 살려 달라고 해! 살게 해 달라고 하라고! 어서! 네가 간절하게 빌면 어떻게든 될지도 몰라!"

규는 머리가 어지러웠다. 용소에 다시 가고 싶기도 했고, 그러려면 살고 싶기도 했다. 하지만 산다면 또 어떻게 살아갈까. 이전의 삶은 끝났고, 이제는 책임져야 할 마을 사람들도 없었다. 지금 규에게는 용아의 승천이 제일 중요했다. 아름다운 빛과 함께 용아가 하늘로 올라가 비를 내려 줬으면 좋겠다. 비가 내리고, 세상이 촉촉해졌으면 좋겠다. 그게 중요했다. 그것만이 중요했다. 그건 규가 한 번도 품어 보지 못한 크고 아름다운 꿈이었다. 그 꿈에 조금이라도 일조했다는 사실이 뿌듯했다.

용아가 속삭였다.

"넌 잘못 생각하고 있어. 비가 온다고 모든 게 좋아지는 게 아니야. 게다가 네가 죽으면, 비가 온들 무슨 소용이지?"

규는 내가 살고 비가 안 와도 마찬가지라고, 결국 모든 게 나빠지다가 죽을 뿐이라고 말하려다가 다시 기침을 했다.

규도 용아를 만나면서 찰나의 꿈을 꾼 적이 있기는 했다. 용아가 승천을 하지 않고 그냥 인간처럼 둘이 어딘가에서 행복하게 살 수도 있지 않을까 하는 꿈.

하지만 규의 인생에서 좋은 것은 그 무엇도 길게 이어지지 않았다. 그러니 좋은 시간에 대한 상상도 빈약하기만 했다. 어떤 기쁨도 잠시뿐일 것이다. 용소에서 용아를 만나는 시간이 행복했던 동안에도 바깥세상은 어김없이 나빠졌듯이, 둘이서 어디로 도망쳐서 살더라도 가뭄이 이어지고 세상은 무너질 것이다. 그리고 어쩌면 용아마저 규와 같은 바닥을 구르고, 같은 고통을 알게 될 것이다. 그것만은 안 될 일이었다.

그래서 규는 단꿈을 한숨에 섞어 길게 내쉬었다.

"행복한 꿈을 꾼 것만으로 됐어요."

규는 어쩐지 덤덤했다. 오래전부터 벌어질 일이 벌어졌다는 안도감마저 있었다. 통증이 사라지니 편해졌고, 떠나는 길이 혼자가 아니라서 좋았다.

*

규의 숨이 조용히 끊어졌을 때, 용아는 잠시 어리둥절했다.

이렇게 쉽게, 이렇게 허무하게, 이렇게 갑자기 한목숨이 끝난다고? 이게 끝이라고?

용아화생기(龍芽化生記)

망연히 내려다보고 있으려니 규가 죽었다는 게 무슨 의미인지 서서히 스며들었다.

그 눈에 반짝임이 돌아오는 일은 없을 것이고, 멍청한 목소리로 말을 하는 일도 없을 것이다. 기뻐할 일도, 슬퍼할 일도 없을 것이다. 앞으로 뭔가를 소원하는 일도, 절망하는 일도 없을 것이다. 그저 없을 것이었다.

목숨이 끊어지는 순간쯤이야 무수히 많이도 보았고, 생명이란 원래 그런 것임을 분명히 알고 있다고 생각했는데, 아니었다. 이러면 안 될 것 같았다.

용아의 속에 있었다는 사실조차 몰랐던 감정들이 한꺼번에 몰아쳤다. 비통했고, 화가 났고, 부끄러웠고, 미웠다. 이런 결과를 초래한 인간을 모조리 죽여 버리고 싶기도 하고, 작은 생명 하나도 어쩌지 못하는 스스로를 죽여 버리고 싶기도 했다. 이럴 바에야 신통력이 무슨 소용이며 신령함이 다 무엇인가, 하늘마저 원망스러웠다.

그리고 그런 부정적인 감정이 가득 차오르다가 소리 없이 폭발했다.

용아를 산산이 찢을 듯이 몰아치던 모든 감정이 가루가 되어 흩어졌다.


용아는 그 순간에, 규의 피가 흘러 더러워진 흙을 밟고 승천했다.

승천한다면 언제나 맑디맑은 용소에서, 생기가 가득한 가운데 이루어질 줄 알았다. 이렇게 부정한 죽음의 기운에 휩싸여 하늘에 오를 줄은 몰랐다.

껍질을 벗는 순간이 되어서야 용아는 화생이 무엇인지를

이해했다.

용은 신령한 동물이라, 태생이 아니라 화생한다. 태어나는 것이 아니라, 변화하여 만들어진다. 그리고 변화하려면 방향이 필요했다. 어느 방향으로 갈지를 정하는 의지와 감정이 필요했다. 그렇기에 영기를 모으는 것만으로는 마지막 도약이 이루어질 수 없었다. 먼저 삶이 무엇인지를 알아야만 했다. 용아의 자아와 의식은 오직 그것을 위해 존재했으니, 모든 것이 변화할 때 같이 벗어 버릴 껍질일 뿐.

용아가 느낀 모든 고통과 분노와 애끓음이 부스러졌다. 모든 감정이 아득히 멀어졌다. 그동안 어떤 생각을 했는지 하나도 빠짐없이 기억이 나기는 했지만, 다른 누군가의 삶을 보듯 낯설어졌다. 왜 그런 감정을 느꼈는지도 의아해졌다.

용의 승천이 하늘을 뒤흔드니, 이미 그 자리에서부터 회오리가 일기 시작했다. 곧 폭풍이 일대를 휩쓸 것이다.

새로 태어난 용은 20년도 살지 못하고 죽은 한 인간의 시체가 거센 바람에 날려 가는 모습을 무심히 내려다보다가, 눈을 돌려 세상을 보았다. 말라 죽어 가는 나무들, 숨죽여 때를 기다리는 들풀들, 여윈 새끼를 보듬은 짐승들, 시체로 잔치를 벌이는 새들을 훑어보고 난 용의 시선이 인간의 세상으로 향했다. 공포와 분노에 사로잡혀 규를 때려죽인 마을 사람들이 울부짖고 있었다. 어떤 이는 죄책감에 울고, 어떤 이는 그저 스스로가 불쌍해서 울었다. 용은 이제 그들이 밉지 않았다. 용소가 막혔다는 소리에 길길이 날뛰며 마을 노인들을 이용해서 토사를 파내고 돌을 옮길 계획을 짜는 사람들에게도 화가 나지 않았다. 더 멀리 눈을 옮기면 가뭄으로 죽어 가는 이들을 외면하고 물을 끌어다가 참외며 다른 과일을 키워서 돈을 벌 생각만 하는 사람이 보이고, 또 그 사람에게 돈을 뜯어낼 궁리를 하며 웃는 관리들도 보였다. 언제까지나 그렇게 살 수 있다고 생각하는 사람들과, 그들에 대한 분노에 사로잡혀 제 몸까지 불태우고자 하는 사람들이 보였다. 시끄러운 소리, 더러운 냄새, 넘치는 피로 세상을 채우는 인간들이 보였다.

용은 아등바등 가엾은 저들을 내가 미워한 적이 있었지, 왜 그랬을까, 자문했다.

이제 용에게는 선하고 악하고가 무의미하고, 인간과 도마뱀과 풀잎이 다르지 않았으며, 미움도 사랑도 없이 모두가 똑같이 애처로울 따름이었다. 산 것은 살기 위해 온 힘을 다할 뿐이고, 죽은 것은 순환할 뿐이었다.

측은하구나, 생각한 용은 문득 맹렬한 바람을 멈추고 잠시 다시 지상으로 몸을 낮췄다. 오래 말라 갈라진 땅에 더 큰 재난이 되지 않도록 폭풍의 기세를 흩어 비를 부드럽게 뿌리고, 마른 나무둥치를 꺾을 듯이 불던 바람도 온유하게 가라앉혀 잔잔한 비바람이 며칠 동안 이어지도록 했다. 기억 속에 남은 소원을 들어주기 위해서였다. 용을 키워 낸 세상에 남기는 마지막 선물이었다.

그렇게 또 하나의 용이 화생했다.

# 맥의 배를 가르면

위래

## 기(起)

　　너는 물어뜯은 손톱을 바닥에 뱉었다. 마감을 알리는 방송은 10여 분 전에 끝났다. 시간을 잘 맞춰야만 했다. 너무 빨리 나가면 놀이기구 정리를 끝내고 본관 건물로 이동하는 매표소 아르바이트생을 만날 테고, 너무 늦게 나가면 화장실을 청소하기 위해 들어오는 근무자와 만나게 된다. 하지만 예고된 신호는 아직이었다. 너는 시계를 보다가 더는 기다릴 수 없다고 판단하고 걸어 나왔다. 잠시 나와 눈이 마주쳤지만, 너는 조금 놀랐을 뿐 무시하고 지나갔다. 다행히 밖에는 아무도 없었다. 붉은 벽돌길을 밝히는 가로등은 물론 드문드문 보이는 놀이기구를 비추는 조명, 멀리 보이는 관람차의 오색 LED 실루엣까지 놀이공원의 모든 빛은 오로지 너만을 위해 빛나는 듯했다.

　　잠잠해졌던 스피커가 다시금 울리더니 한 소년을 찾았다. 너는 소년의 이름이 나오는 순간 함께 입으로 읊조려 본다. 기다리던 방송이다. 폐장한 놀이공원이 아무리 한적하다고 하더라도 여전히 많은 직원이 있다. 감시 카메라와 청소를 시작한 직원들의 동선에 대해서는 이미 공유하고 있었지만 그것만으로는 목적을 달성하는 데 충분하다고 할 수 없었다. 그래서 너의 동료는 아들을 잃어버린 부모로 분하여 존재하지 않는 아들을 찾아 달라며 소란을 피우기로 했다. 양동작전인 셈이다. 너는 과거에 소설을 써 본 적이 있다는 이유로 적당히 시나리오를 짜고 대본을 썼다. 너는 존재하지 않는 소년을 상상했다. 소년은 자폐 스펙트럼 장애가 있고 소리와 냄새에 민감하고 동물을 무서워했다. 가짜 부모는 그 설정은 물론 놀이공원 직원에게 둘러댈 대본도 외웠다. 방송을 하면 아이가 큰 소리에 겁이 나 어두운 곳에 숨을 것이고, 냄새에 민감해 동물 냄새가 나는 쪽으로는 가지 않았을 거라고. 그렇게 놀이공원 직원들이 존재하지 않는 소년을 찾기 위해 놀이공원의 어둡고 후미진 곳으로 떠나면 너와 동료들이 목적을 위해 움직이는 것이다. 작전이 제대로 성공했는지 시야가 닿는 곳에 다른 사람의 모습은 보이지 않는다. 너는 아무도 없는 놀이공원을 가로질러 잔디밭으로 걸어 들어갔다.

"…는 어디 있어?"

"직원들이 너무 많길래 자진해서 미끼가 되기로 했어. 돌아오지 않을 거야."

너는 등장하며 자연스럽게 맞장구를 쳤다.

"그럼 이렇게 다섯 사람이 전부인가요?"

너를 보자 기요가 만면에 미소를 띠었다.

"왔군요. 별다른 문제는 없었나요?"

"아마도요."

"다행이네요. 이동하죠."

기요가 앞서고 너와 다른 세 사람이 뒤따랐다. 너는 기요의 손에

맥의 배를 가르면

쥐어진 신문지 뭉치를 몇 번인가 힐끔 바라보지만 곧 신경 쓰지 않기로 했다. 어차피 너와는 관계가 없는 일이었다.

기요가 향한 곳은 놀이공원의 중심에 자리한 동물원이다. 관람이 가능한 우리는 비어 있으나, 공연이 끝난 뒤에도 남아 있는 열기처럼 누구의 것인지 알 수 없는 젖은 털 냄새가 너의 코에 맴돌았다. 기요는 사냥개가 사냥꾼에게 길을 인도하듯 점점 더 냄새가 짙어지는 곳으로 너와 동료들을 이끌었다. 너는 대형 동물이 기거하는 넓은 우리를 지나쳐 그 동물이 갇혀 있는 관리동으로 향했다. 관리동 내부는 아직 불이 들어와 있다. 미리 확인한 정보에 의하면 사육사가 뒷정리를 하는 시간이다. 그리고 알고 있던 것처럼 관리동의 문에는 도어록이 없고 잠겨 있지도 않았다. 사육사는 내부자가 탈출할 가능성은 염두에 두어도 침입자가 있을 가능성은 생각하지 않을 테니까.

너희 다섯 사람은 관리동으로 들어갔다. 지나가는 복도에서 사무실로 쓰이는 곳에 불이 들어와 있고 인기척이 있었지만 기요가 힐끔 들여다보더니 너에게 얼른 지나가라고 손짓했다. 발걸음을 죽이고 지나가니 사육사로 보이는 이는 통화를 하며 모니터를 들여다보고 있었다. 계속 나아가 철로 된 문을 열자 미감이 없는 콘크리트 복도가 나타났고 풀을 오래 씹고 삼키고 싸는 초식동물의 배변 냄새가 났다. 메탄과 암모니아. 내게는 익숙한 냄새였다. 지린내를 시선으로 좇자 철창이 보였다. 철창 너머 어두운 조명 아래로 자신의 분변과 웅덩이진 오줌 위에 네발로 선 누군가가 있었다. 코끼리를 닮아 툭 불거져 나온 코는 입으로 내려오기도 전에 끊어진 듯싶고 하마를 닮아 투실한 몸뚱이지만 다리는 퍽 가늘고, 털은 짧고 가죽은 얇아 처진 주름이 눈에 띈다. 곰처럼 둥근 귀와 눈을 가득 채운 눈동자가 너를 보고 어리둥절한 얼굴이다. 아메리카 테이퍼다. 테이퍼는 국문으로 맥(獏)이라고도 한다. 기요가 들고 있던 신문지 뭉치를 벗기자 일식도가 드러났다. 너와 동료들은 오늘 맥을 죽이러 왔다.

　월간지 기자인 너는 편집장에게 몇 달째 압박을 받고 있었다. 표지를 장식하는 여성 수영복 화보를 제외하면 일관성이라고는 없는 잡지다. 재미있는 기사라면 무엇이든 괜찮다고 하지만 너의 기사에는 그 한 가지, 재미가 없었기 때문에 무엇 하나 제대로 편집회의를 통과하지 못했다. 너도 노력하지 않은 바는 아니었으나 '국내 성인영화 노동 현장 실태 조사'나 '청소년 마약 공급자의 하루' '불법 토토 업자와의 인터뷰' 따위의 이런저런 기사들은 사회적으로나 공익적으로 가치는 있으나 재미로서는 퍽 신통치 않다는 평가였다. 너는 르포 기자였다. 일전에 묶어서 출간한 두 권의 저서로 상금은 없으나 명예는 있는 상을 받기도 했다. 너는 발로 뛰어 진실을 찾아내는 일은 그 자체로 가치가 있다고 생각했다. 다행히 명예를 알아봐 주는 사장 덕분에 이 일을 맡을 수 있었으나, 편집장은 그렇게 생각하지 않았다. 편집장은 너를 못마땅해하면서 이런 기사밖에 기획하지 않는다면 더는 잡지에 지면을 내줄 수 없다고 했다. 사장 또한 편집장의 입김을 더는 이기지 못하는 눈치다. 너는 이전과는 다른 무언가를 써야만 했다.

　너는 내달 마감을 끝내고 몇 가지 소재를 두고 기획을 고민하던 중 '몽상가들'이라는 SNS 비밀 모임에 대해 알게 되었다. 이들은 자신들의 꿈이 상상 속의 동물인 맥에 의해 잡아먹혔다고 믿고 있었다. 한 사람의 생각이라면 그저 개인의 과대망상이나 조현병의

증상이겠거니 생각했겠지만, 꽤 많은 사람들이 구체적이고 비슷비슷한 맥 목격담을 가지고 있었다.

몽상가들은 맥을 보기 전까지는 과거에 하나같이 풍부하고 색채감이 있는 꿈을 꿨었다고 인식하고 있었다. 하지만 어느 날 꿈속에서 무섭고 두려운 괴물을 만난다. 그 괴물은 다가와 꿈을 먹어도 되겠냐고 물어보고, 어린 몽상가들은 겁에 질려 그러라고 답한다. 괴물은 몽상가들의 머리채를 잡고 입을 쩍 벌린다. 사람마다 대화의 비중이나 꿈의 풍경, 구성이 달라지긴 하지만 맥을 만나고, 허락을 구하고, 머리를 잡아먹히는 일관된 맥락이 있었다. 그리고 그 꿈을 꾸고 난 뒤 몽상가들은 더는 꿈을 꾸지 못하고 있다고 주장한다. 이쯤 되면 정체불명의 누군가가 지어낸 도시 전설이라고 치부할 수도 있지만, 네가 조사해 보니 이야기들은 대체로 출처가 명백했다. 비록 실명은 아니었으나 SNS나 커뮤니티의 닉네임으로 글쓴이를 찾을 수 있었다. 이들은 주로 여러 자각몽 모임에 가입을 했다가 반복해서 맥 이야기를 해서 퇴출을 당했거나 맥에 대해 아무도 믿지 않는다며 SNS에 불만을 토로하다 모임에 섭외되는 식이었다.

네가 잡지사에 몇 가지 기획안을 내밀었을 때, 편집장은 한숨을 쉬다가 이 몽상가들에 대한 르포를 선택했다. 편집장은 그나마 이게 여름 호러 기획으로 가치가 있다고 생각한다며, 네가 르포 기자인 점을 들어 보다 정확하고 자세한 기사를 써 올 것이라 믿는다고 말했다. 편집장이 사이비종교 잠입 기사를 들먹이는 것을 보면 위험한 종류의 취재가 수요가 있을 거라고 생각하는 듯했다. 어찌 되었든 기회를 얻긴 한 것이다.

너는 평소 위장을 위해 미리 만들어 두었던 몇 개의 트위터 계정 중 하나를 사용했다. 자연스럽게 보이도록 타임라인의 팔로워 중 누군가 꿈 이야기를 할 때를 노려 스리슬쩍 언젠가의 맥 목격담을 지어내 트윗을 했다. 너의 타임라인에서는 별다른 반응이 없었지만 몇 시간 뒤 그 계정으로 DM이 와 있었다. 예상한 대로 몽상가들이었다. '기요'라는 닉네임을 쓰는 이는 자신도 그런 꿈을 꾼 적이 있다면서 너의 맥 목격담이 거짓이 아닌지 이런저런 질문으로 떠보았다. 이미 조사를 마친 뒤였기 때문에 너는 맥 목격담에 살을 붙이며 구체성을 더하고도 아무런 위화감을 느끼지 않도록 이야기를 짤 수 있었다. 하지만 외부에서는 접할 수 없는 정보도 있었다.

　—그리고요?

　—그리고?

　—맥이 꿈을 먹은 뒤에 아무런 변화가 없었나요?

　너는 기요의 물음이 무슨 의미인지 생각했다. 맥에게 꿈을 먹혔다고 주장했던 사람들은 더는 꿈을 꾸지 않는다고 했지만 그것 외에는 특별한 공통점이 없었다. 하지만 외부에 드러나지 않았을 뿐 몽상가들끼리 공유하는 어떤 성질이 있을지도 몰랐다. 너는 변화가 없었다거나 잘 모르겠다고 주장할 수도 있었다. 하지만 그건 몽상가들의 심부에 들어가 밀착 취재를 하겠다는 너의 목표를 충족시키지 못했다. 너는 맥에게 꿈이 잡아먹혔다는 사람들이 서로 어떻게 닮았는지 생각했다. 그리고 몽상가들이 왜 꿈에 집착하는지도. 답을 알 것 같았다.

　—소설가가 꿈이었어요.

　—소설가요?

**맥의 배를 가르면**

—네. 백일장도 여럿 나가고 공모전도 내고 작게 상도 탔죠.

—어떤 소설을 썼죠?

—조금 음울한 소설을 썼던 것 같아요. 사춘기 때 다들 겪는 것처럼요.

—더 자세히 이야기해 봐요.

—죽음에 대해서 썼던 것 같아요. 시체나 허무주의. 조금 냉소적인 문체로요. 중2병이었던 거죠.

—그런 식으로 말하고 싶진 않아요. 모두 진지한 고민이잖아요.

—뭐, 그때는 그렇긴 했죠.

—그러고는요? 계속 소설을 썼나요?

—네. 문창과에 진학도 했고요. 소설도 계속 썼죠. 하지만 전환기가 있었어요. 대학생 때 맥에게 꿈을 잡아먹힌 뒤 그 꿈을 잃어버린 것 같아요.

어느 정도는 사실이 가미된 이야기였다. 하지만 네가 기억하는 한 너는 진지하게 소설을 써야겠다고 생각한 적이 없었다. 소설가가 꿈이었던 적도 없다. 문창과에 진학한 것은 동 대학의 신문방송학과에 떨어졌기 때문이었다.

기요는 파고들 듯 질문했다.

—꿈을 잃어버렸다고요? 왜 그렇게 생각하시죠? 외상을 입었나요? 손을 다쳤다든가? 아니면 어떤 글감을 떠올릴 수 없게 된 건가요?

—아뇨. 그런 게 아니에요. 요인을 찾자면 여러 가지가 있겠지만 가장 큰 건, 그냥….

—그냥?

—더는 하고 싶어지지 않아졌죠. 그게 전부예요.

그게 정답이었다.

—그럴 줄 알았어요. 맥은 바람을 삼키거든요.

—무슨 뜻이죠?

—그러고자 하는 것, 원하는 것, 욕망이요. 꿈은 형상으로 바람을 투사하는데 맥이 꿈을 잡아먹으면서 그 바람도 함께 사라진 거죠. …괜찮으시면 저희 만날까요?

기요는 약속 장소에 검정 일색의 옷을 입고 나타났다. 마치 흑백영화에서 걸어 나온 듯했다. 배우 같은 구석도 있었다. 몸짓 하나하나가 우아하고 꾸며 낸 구석이 있었다. 어색하지는 않았다. 아주 오랜 시간 그렇게 살아왔고 몸에 익은 듯했다.

너는 녹음기를 켜 두고 기요와 카페에서 대화를 나눴다. 너는 맥에 대한 꿈을 꾸는 가짜 너에 대해 몇 가지 이야기를 만들어 두었지만 그것을 사용할 일은 없었다. 기요는 너에 대해서는 특별히 궁금해하지 않는 듯했다.

기요는 그저 꿈에 대해서만 이야기했다.

"알고 계신가요? 옛날 옛적에는 꿈과 현실의 경계가 없었어요. 사람은 자신들이 만들어 낸 꿈과 엉켜 살았지요. 지금도 그렇지만 사람이 늘 좋은 꿈을 꾸는 건 아니라서, 사람의 꿈이 만들어 낸 신이니 괴물이니 요괴니 하는 것들이 사람을 잡아먹고 못살게 굴었습니다. 신들은 사람을 인형처럼 가지고 놀고 용은 세상의 뿌리를 파먹고 거인은 벌레처럼 사람을 짓밟고 마녀는 아이들을 산 채로 솥에 넣고 도깨비들은 여흥으로 사람을 죽였어요. 제대로 기록되지 않은 희미한 상고시대를 들여다보면 사람이 신과 괴물에게 제물을 바치는 일이 허다했다지요. 그건 모두 인간이 꿈과 분리되지 못해서 생긴 일이었습니다. 물론 그런 꿈 중에는 좋은 것들도 있었지만 근원적인 해결책이 되진 않았죠. 진짜 변화를 가져온 건 맥이었습니다."

너는 짐작해 볼 수 있었다.

"맥이 꿈을 먹기 때문인가요?"

"네. 맥은 인간에게 해가 되는 신과 괴물과 요괴를 잡아먹었습니다. 나쁜 꿈을 잡아먹고 인간에게 이로운 꿈을 남겨 두었지요. 사람들은 점차 좋은 꿈을 꾸기 시작했습니다. 시간이 흐르길 바라자 태양이 움직였습니다. 자신들을 지배해 줄 사람을 찾자 왕들이 나타났고, 떠나길 바라면 또 사라졌습니다. 세상을 재단하고 합리와 이성을 찾길 바라서 색목인을 상상해 냈습니다. 과학이 태동한 것도 모두 사람의 꿈이지요."

"서구와 근대가 모두 꿈에 불과하다고요?"

"네. 모두 우리의 선조들이 바란 꿈이었습니다. 어쩌면 우리의 꿈일지도 몰라요. 모든 것을 이미 손에 쥐고 있다면 그걸 꿈꿀 필요가 없잖아요? 멀리서 다가왔다는 것이 바로 꿈이라는 증거입니다. 종교도 꿈이고 전쟁도 꿈입니다. 종교는 우리의 죽음과 초월성에 대한 긴장을 반영하고, 전쟁은 우리가 잠재하고 있는 폭력을 암시하고 있죠."

"그럼 어떤 전쟁은 일어나지 않았던 건가요?"

"어떤 전쟁이요? 아뇨. 다행스럽게도 모든 전쟁은 실제로 일어나지 않았습니다. 우리가 그런 꿈결을 역사서로 또는 미디어로 읽거나 시청하고 있을 뿐이죠."

"하지만 사람들은 공항을 통해 해외여행을 떠나잖아요."

"비행기야말로 요람이죠. 그 철 덩어리 정말로 떠오를 수 있다고 생각하신 건 아니죠? 공항을 오가는 사람들을 보세요. 그 피부색과 그 언어들을 보세요. 우리가 아닙니다. 꿈속의 사람들이죠."

　너는 과감한 기요의 주장에 퍽 흥미로워졌지만 내색하지 않았다. 기요의 사고는 네가 알고 있는 기존의 음모론자들과 어디에도 정확히 맞아떨어지지 않았다. 게다가 언변이 부드럽고 논리가 준비되어 있는 걸 보면 하루 이틀 생각한 것이 아니었다. 기요는 네가, 그리고 너의 편집장이 찾고 있던, 사람들의 관심을 끌 만한 이상한 사람이었다. 그러는 한편, 네가 보기에 기요의 논리는 한없이 위태로웠고, 너는 그걸 실수로라도 무너트리게 되지는 않을지 걱정되었다. 그렇게 되면 너의 심층 취재도, 특집 기사도, 어쩌면 계약직으로 유지되는 또래에 비해 안정적인 월급과도 안녕이었다.

　"하지만… 그래서 뭐가 문제죠? 맥은 나쁜 꿈을 먹었고, 그럼 우리는 나름 괜찮은 세계에서 살고 있는 것 아닐까요? 꿈들과 교류도 하고요."

　"농담이시죠?"

　"어떤 부분이?"

　"당신은 행복하신가요?"

　너는 재량껏 농담으로 맞서려 했다. 하지만 잘 나오지 않았고, 때를 놓쳤다. 진지하게 답할 수밖에 없게 되자 너는 침음을 내며 짐짓 여유를 부렸으나 곧 거짓말을 하면 티가 날 수밖에 없다는 걸 깨달았다. 시시한 물음이지만 무시할 수 없었다.

　"아뇨."

　"그래요. 이게 현실입니다. 맥이 주도하고 맥이 만들어 낸 현실은 행복하지 않아요. 꿈은 인간의 힘이었습니다. 당장은 거세되고 목줄 매인 꿈들이 인간에게 봉사하는 것처럼 보이죠.

맥의 배를 가르면

하지만 그 꿈이 바로 형상을 잃어버린 인간의 바람입니다. 인간이
원래 저 스스로의 힘으로 하늘을 날 수 있었다는 걸 알고 계신가요?
하지만 이제는 비행기에 갇혀 그에 대한 꿈만 꾸지요. 우리는
쇠락하고 있어요. 그 쇠락을 막고 우리가 본연의 모습으로 돌아가기
위해선, 맥의 배를 갈라야 합니다."

너는 그 결론에 대해 머뭇거렸다.

"맥의 배를 가른다고요? 어떤 은유인가요? 아니면⋯."

"문자 그대로의 뜻입니다. 미디어를 통해 만들어진 게 아닌,
진정한 최후의 맥은 서울대공원에 아메리카 테이퍼라는 이름으로
전시되고 있습니다."

"그게 맥이라고요? 모든 꿈을 먹어 치울 정도로 강한 힘을
가졌는데도요?"

"이 현실에 환상 속의 동물이 존재하게 되면 안 되니까요. 맥은
자신의 존재마저도 먹어 치워 한낱 짐승이 되어 자신이 강대한
존재였다는 사실도 잊었지요. 하지만 그건 인간의 미래이기도
합니다. 허락된 꿈만을 꾸면서 철창에 갇혀 정해진 밥만 먹는
짐승이요. 우리는 맥의 배를 갈라서 모든 꿈을 쏟아 내게끔 해야
됩니다."

너는 속으로 감탄했다. 기요는 서울대공원에 침입해 전시
중인 동물을 죽이겠다고 했다. 이 소식은 분명 그날 모든 지상파와
케이블의 9시 뉴스를 탈 것이고 모두가 후속 보도를 기다릴 것이다.
그런데 너는 이것에 대한 심층 기사를 쓸 수 있을 뿐만 아니라 그
주모자에 대한 가장 많은 정보를 알고 있는 기자다. 이 일은 반드시
수행되어야만 했다.

너는 겉으로는 당황해하고 믿지 못하는 것처럼 둘러댔다.

기요는 네가 마음에 든 듯 자꾸만 보챘다. 네가 가져 본 적도 없는 소설가의 꿈에 대해 이야기하기도 하고, 배를 가르는 것은 어디까지나 자신이며 너는 망을 보는 것으로 충분하다고 했다.

이렇게 말하기도 했다.

"우리는 운이 좋은 거예요."

"왜요?"

"저희 연구에 따르면 맥은 수많은 사람들의 꿈을 삼켜요. 거의 대부분의 꿈을 삼키죠. 하지만 보통 사람들은 그 꿈에 대해서 기억하지 못하거든요. 저희는 어떤 이유로 꿈을 기억할 수 있었던 사람들이죠. 다른 사람들을 위해서 일을 할 수 있는 선택받은 사람들이란 거예요."

적당한 때에 타협해야겠다 생각하던 너는 그 말에 결국 일을 돕겠다고 했다.

동물원에 잠입한다는 구체적인 계획이 세워지기 시작했을 때 너는 지금까지의 사실만으로 기사를 마무리할 수도 있었다. 하지만 그건 안전하지만 사회적인 논란을 만들 만큼 충분히 부풀지 않은 것처럼 보였다. 최악의 경우라고 하더라도 전시 동물 하나가 죽는 일에 불과했으니까. 너는 이 사건을 끝까지 끌고 가야만 한다고 생각했다. 그리고 은근한 생각으로 이 사건이 몽상가들의 뜻대로 끝마쳐지지 않으리라고도 생각했다. 아메리카 테이퍼는 비록 초식동물이긴 했으나 몸무게가 250킬로그램이 넘는 큰 동물이었고, 동물의 생태도 모르는 일반인이 일식도 한 자루로 대항할 만한 존재가 아니었다. 기요는 냉정해 보였지만 그런 사람들도 위급한 상황에선 금세 본모습을 드러내 보이지 않던가.

절단기를 들고 온 몽상가 하나가 방을 가로질러 막고 있는 철창의 자물쇠를 열었다. 철창문은 사람 하나 정도가 오갈 수 있는 너비로, 기요는 들어갈 수 있을 만큼만 문을 열었다. 끼이익 하고 거친 쇠 마찰음이 들려오자 기요는 움찔했지만, 다행히 아메리카 테이퍼는 아무런 동요도 없었다. 기요는 아메리카 테이퍼의 눈치를 보면서 천천히 옆으로 돌아갔다. 다른 몽상가 하나도 일식도를 들고 기요의 반대편으로 걸어갔다. 둘 다 옆구리를 노릴 생각이었다. 그때 복도 멀리에서 누구냐고, 어떻게 들어온 거냐고 화가 난 직원의 목소리가 들려왔다. 복도 망을 보기로 했던 몽상가가 황급히 방 안으로 들어와 문을 닫았다. 쾅 소리에 아메리카 테이퍼가 슬쩍 고개를 돌렸다. 하지만 문은 잠금장치가 없었다. 안에서 뭐 하는 거냐며 직원이 문고리를 밀며 문을 열려고 하자 문을 가로막고 있던 몽상가의 몸이 들썩였다. 다른 한 명이 또 문에 들러붙었고 너도 그쪽으로 몸을 돌리려고 했다. 그때 뒤에서 비명 소리가 들려왔다. 아메리카 테이퍼와 대치 중이던 몽상가 하나가 바닥에 나뒹굴고 있었다. 아메리카 테이퍼는 이제 기요를 바라보고 있었다. 너는 당황해하면서도 철창 안의 두 사람을 돕기 위해서는 안으로 들어가는 수밖에 없다는 걸 알았다. 너는 소리 지르며 아메리카 테이퍼의 시선을 끌면서 철창 안으로 뛰어들었다. 그러고는 다친 사람을 살피기 위해 다가갔다.

그런 너에게 기요가 말했다.

"칼을 들어요!"

너는 그것이 계획된 일이 아니라고 소리치려 했지만 동시에 어쩔 수 없다는 것도 알았다. 아메리카 테이퍼에게 대응하기 위한 무기는 그것뿐이었다. 밖에선 직원이 더 크게 문을 두드리며

아메리카 테이퍼의 신경을 더 거세게 흔들고 있었다. 조용하라거나
문을 두드리지 말라는 몽상가들의 말은 소용이 없었다. 혼란을 더
키울 뿐이었다.

　　네가 말했다.

　　"시선을 끌 테니까, 몸을 돌리면 철창 밖으로 나가요."

　　"하지만…."

　　"어서요."

　　아메리카 테이퍼는 너와 기요의 대화 소리에 고개를 이리저리
돌렸다. 기요가 조심스럽게 한 발 움직이자 코를 들어 올리며
으르렁댔다. 너는 아메리카 테이퍼의 관심을 빼앗기 위해 철창
더 깊은 곳으로 게걸음을 걸었다. 네가 스스로 벽에 몰리자
그제야 아메리카 테이퍼가 신경을 완전히 너에게 돌렸다. 기요는
아직 용기가 나지 않은 것 같았다. 너는 등 뒤로 뭔가 잡힌다는
걸 깨달았다. 전시동으로 이어지는 철문이다. 그리고 이 철문은
간단한 걸쇠가 걸려 있을 뿐이다. 네가 걸쇠를 올리자 끼익 하고
쇠뭉치가 울고, 기요가 기회라는 듯 철창 밖으로 뛰쳐나갔다. 이제
네 차례였다. 아메리카 테이퍼가 너를 향해 으르렁댄다. 코를
치켜세우고 윗잇몸을 드러내 보인다. 싯누런 앞니가 보였다. 너는
밖으로 나가자마자 열어젖힌 철문을 닫으려 했지만 아메리카
테이퍼의 코끝이 사이로 쑥 디밀고 들어왔다. 너는 몸을 돌려 막다른
길일 것이 분명한 전시장을 향해 달렸다. 짧은 통로를 지나자 쇠창살
사이로 어둠만이 지켜보고 있는 전시장이 나타났다. 어디로 몸을
돌려 피할까 두리번거렸지만 피할 곳은 보이지 않았다. 더는 방법이
없었다. 아메리카 테이퍼를 마주해야만 했다. 아메리카 테이퍼가
너에게 달려들었고, 너는 오른쪽으로 몸을 숙여 피하면서 눈을

맥의 배를 가르면

질끈 감고 일식도를 내질렀다. 칼날이 위협이라도 되길 바랐던
것이다. 하지만 네 칼날은 그 이상의 일을 해냈다. 너는 잡고 있는
손잡이를 통해 칼날이 허공이 아닌 무언가를 꿰뚫는 진동을 느꼈다.
지금을 위해 몇 번이고 날이 갈린 일식도가 아메리카 테이퍼의 배를
찌른 것이다. 아메리카 테이퍼는 달려들던 관성을 이기지 못하고
그대로 고꾸라졌다. 아직 칼을 쥐고 있던 너는 조심스럽게 칼날을
내려다보았다.

아메리카 테이퍼의 배에선 피가 흐르지 않았다. 점도는 피에
가깝지만 피처럼 붉지도 않고, 피처럼 떨어지지도 않는다. 현란하게
서로 다른 빛깔로 변하는 덩어리진 무언가가 칼날에 묻어 있었다.
이 액체는 중력의 영향을 전혀 받지 않는 듯 칼날에 들러붙었다가
관성을 이기지 못하고 허공으로 떠올랐다. 너는 아메리카 테이퍼의
꿰뚫린 아랫배를 살폈다. 네가 상처를 벌릴 필요는 없었다. 아메리카
테이퍼의 배에서 손가락이 나오더니 상처를 위아래로 잡아당겼고,
가위와 톱날을 꺼내 들더니 배를 가르기 시작했다. 아메리카
테이퍼의 몸 깊은 곳에서 징 소리가 울려 퍼졌다. 벌어진 상처
주변으로 액체가 솟구치다가 곧 끔찍한 것을 토해 내기 시작했다.

꿈이었다.


전(轉)


기나긴 시간 끝에 너는 다시 동물원으로 돌아왔다. 그 철창
앞, 아메리카 테이퍼가 있는 우리로. 그때와 다른 점이라면 너에겐
동료가 없다는 점이다. 너의 동료였던 몽상가들은 모두 적이 되었다.

그나마 이번 여행에서 유일한 동료라고 할 수 있었을 하민은 기요에게 잡아먹혔을 것이다. 동물원 또한 네가 기억하고 있던 모습과는 다르다. 이곳에는 전과 같이 다양한 동물 대신, 단 한 종의 동물만 있다. 사람이다. 발가벗은 맨몸의 사람들은 그저 네발로 기어다니거나, 횃대 위에서 양팔로 날갯짓을 하거나, 여물을 천천히 씹고, 영역을 두고 다툰다. 너는 적막을 깨기 위해 사자, 공작새, 코뿔소라고 호명한다. 다들 각자가 분한 동물을 흉내 내는 데 여념이 없다. 너는 이 동물원에 깃든 소원이 무엇인지 알 것 같았다. 응보일 터였다.

너는 맥을 찾아 철창에 갇힌 사람들 사이를 거닐었다. 너는 언젠가 잊고 있었던 외로움이 다시금 왔다는 걸 알았다. 잠시나마 외로움을 잊었던 때를 기억했다.


그날 너는 침실에서 이불을 뒤집어쓰고 오래전부터 들려온 초인종 소리를 애써 무시하고 있었다. 이때의 너는 나와 구분하기 어려울 만큼 형편없었다. 창문을 덮어 어두컴컴한 방 안은 내다 버리지 않은 쓰레기로 가득 차 있었다. 방 밖으로 나가기 위해서는 마치 헤엄을 치듯 허우적거려야 했다. 넌 이것도 괜찮다고 생각했다. 방 밖보다는 나을지도 모른다고 믿었다.

네가 동물원을 떠나온 뒤 온 세상은 꿈과 뒤섞였다. 맥의 배가 갈라지며 맥이 그동안 삼켰던 꿈들이 모조리 쏟아져 나왔던 것이다. 사람들은 처음엔 그저 뱀이 많아졌다고 생각했다. 뱀들은 우거진 수풀이나 변기에서 기어 나오기도 하고 빨랫줄에 매달리거나 절단된 채로 나무에 못 박혀 죽어 있기도 했으며 그저 구멍에서 나타나 또 다른 구멍으로 사라지기도 했다. 너무 많은 뱀 때문에

맥의 배를 가르면

사람들은 길고 가느다란 것들을 뱀으로 착각했고, 그럴 때마다
그것은 진짜 뱀이 되어서 사람을 물거나 목을 감거나, 아기를
삼켰다. 사라진 가족을 찾기 위해 뱀의 두툼한 배를 가른 사람
이야기가 들려오기도 했다. 하지만 뱀의 배를 가르면 또 다른 꿈이
번질 뿐이었다. 뱀의 배 속에는 앞머리가 다 빠졌지만 흰 수염을
단정하게 손질한 노인 또는 고대 중국 복식으로 잘 갖춰 입은 일곱
명의 여자아이, 코끼리의 사체가 있거나 사과나 무화과, 황금색
과일이 들어 있기도 했다. 저마다의 가정에서 아내는 뱀과 자신의
남편이 배를 맞추는 것을 보고 죽이고, 뱀을 제물로 바치려다 형이
동생을 죽이고, 뱀에게 제물을 바치려다 그대로 삼켜졌다. 집집마다
서로 다른 신화의 계보가 세워지고 사람들은 아킬레우스처럼
분노를 노래하고 파트로클로스가 죽은 것처럼 흐느꼈다. 그리고
이웃집의 흥망에 대해 엿듣고 호사가처럼 읊조리고 연극배우처럼
연기했다. 베란다 아래로, 맞은편 버스 정류장을 향해, 복사한
서류를 들고 가다 회의실의 모두에게 흩뿌리며 이야기했다.
대택굿에서 생돼지 피를 뒤집어쓴 무당처럼, 악인을 흉내 내다 맞아
죽은 전기수처럼, 무수한 관중 앞에 무아지경에 빠져든 독재자처럼.
이야기와 현실의 경계가 무너지며 겨우살이나무가 가장 선한
사람을 찔러 죽이고, 천사가 나팔을 불면 빌딩이 무너지고, 사랑하는
사람은 소금기둥이 되었다. 개가 지키고 선 문지방 너머에는 저승이
넘실대고, 고양이들이 드림랜드를 오가며 사람들이 미처 상상해
보지 못한 것들을 끌어들였다. 태양은 화살에 맞아 떨어지거나
늑대에 물려 사라지거나 하여 개수를 세기 어려워졌다. 지평선엔
시시때때로 버섯구름이 솟구치고 바닷물이 도시를 잠그면
방주들이 짝을 맞춰 짐승들을 태웠다. 달에선 히틀러가 치즈를 얻기

위해 목을 물어뜯는 토끼들과 맞서 싸웠고, 되살아난 카이사르에게 쿠단이 불길한 예언을 속삭였으며 나폴레옹은 스핑크스가 내놓은 수수께끼를 풀지 못해 프랑스로 돌아가지 못했다. 시간과 공간은 의미를 잃고 녹아내렸다. 의미를 잃은 사람들이 하늘에서 비처럼 떨어지기도 하고 죽은 이들이 무덤에서 기어 나와 거리를 가득 메우기도 했다. 아무도 죽지도, 살지도 않았다. 그런 날들이 반복되자 어제와 오늘, 내일을 구분하지 못하는 사람들이 많아졌다. 꿈은 현실 대신 꿈 자신을 번복하였고, 열화된 JPG 이미지처럼 선명도를 잃고, 모든 정보가 챗봇에 의해 다시 쓰이듯, 저 스스로를 결코 닿을 수 없는 특이점의 역방향으로, 열화되고 있었다. 선명하고 단단한 현실은 머나먼 아련한 기억으로만 느껴졌다. 아니, 노스텔지어마저도 흩어지고 있었다. 모든 바람이 폭발하듯 충족되어 무언가를 바란다는 것은 이제 짚으로 만든 개와 다름없었다.

다행이라면 완전히 뒤섞이지 않았다는 것이다. 아직은 아니었다. 어딘가 선명하고 단단한 현실의 조각들이 남아 있는 것 같았다. 그곳에선 시간도 흐르고 공간도 유지되었다. 경계에서는 꿈들이 여전히 침범해 오긴 했으나 그래도 너는 너로 남아 있을 수 있었다. 언제까지일지는 모르겠으나, 초인종을 누르고 문을 두들기는 꿈들을 무시하기만 한다면, 너는 조금 더 오래 너 자신으로 남아 있을 수 있다고 믿었다.

"아무도 없나?"

하지만 이번 꿈은 좀 더 집요한 것 같았다. 어떤 종류의 꿈은 무작정 기다리는 것만으로는 물리칠 수 없었다. 직접 대면하고 꺼지라고 해야 한다. 네가 문을 열자 단정한 정장을 입은 사람의 얼굴이 보였다. 요괴나 괴물이나 신이나 악마가 아니다. 네가 급히 문을 닫으려 하자 그 사람은 구두 끝을 집어넣고 말했다.

"잠깐, 이야기 좀 하지."

"할 이야기 없습니다."

"이 모든 걸 되돌리고 싶다고 생각한 적 없나?"

너는 문 너머의 사람을 의심스럽게 바라보았다.

"그게 무슨 말씀이시죠?"

"당신이 이 모든 일과 관련이 있다는 걸 알고 있어. 난 조정국에서 온 하민이라고 해."

너는 추궁에 대해 답하지 않고 의심스러운 부분부터 찔러 들었다.

"조정국이요? 그런 국가기관은 처음 들어 보는데요."

"그렇겠지. 우리는 국가에 소속되어 있지 않으니까."

"그럼 어디에 소속되어 있죠?"

"세계."

너는 더듬더듬 네가 생각해 낼 수 있는 근연한 것과 연결 지었다.

"UN 같은 건가요?"

"비슷한 거지. 물론, 네가 꿈에 대해 이야기를 들어 보았다면 그게 무슨 의미인지도 알겠지만."

너는 문을 천천히 열었고 하민과 마주했다. 말을 할 때마다 눈을 치켜뜨거나 입술을 비죽이거나 혀를 차거나 콧김을 내거나 인상을 쓰거나 보일 듯 말 듯 고개를 가로젓는 등 표정이 다채롭고 어딘가 껄렁하고 사람을 깔보는 듯한 태도가 몸에 배어 있었다. 그저 개인적인 흥미로 상대의 인내심이 어디까지인지 알아보고자 하는 듯했으나, 어째서인지 너는 그 모습이 아주 싫지는 않았다.

하민의 말에 따르면 조정국은 꿈과 현실 사이의 경계를 지키는 집단이었다. 현대에는 프리메이슨이었고 르네상스 시기에는 황금새벽회였고 중세 시대에는 성전기사단이었고 과거에는 드루이드들이었다. 물론 이제는 믿을 수밖에 없는 기요의 말대로라면 세상은 그 자체로 꿈에 불과하지만, 꿈과 섞이지 않은 사람이란 존재하지 않으니 그리 따질 필요는 없을 듯했다. 게다가 모든 것이 뒤섞인 지금이야 너에게 중요한 문제도 아니었다.

하민이 말했다.

"당신이 맥의 배를 갈랐다는 건 알아."

너는 변명을 했다.

"일부러 그런 건 아니었어요. 사고였죠."

"탓하려고 꺼낸 이야기가 아니야."

"그럼요?"

"당신에게 모든 걸 되돌릴 기회가 있다는 걸 알려 주기 위해서지."

너는 열린 문 너머, 하민의 등 뒤로 보이는 하늘을 바라보았다. 네 거처는 꿈과 현실의 경계에 있었고 난간을 넘으면 곧장 꿈이었다. 태양은 더는 단일한 빛으로 보이지 않는다. 가시광은 수십 갈래로 갈라져 구름을 물들이고, 사람들은 추락하거나 솟구치다가 부유한다. 정신이 꿈과 연결되어 횡설수설하거나 화내거나 울거나 끝없이 비명을 지르는 사람들. 팔다리가 잘리거나 잘린 팔다리로만 존재하는 사람들. 형상을 포기하고 마네킹이며 전봇대며 진흙 더미, 감자칩, 아이스크림 막대 따위가 된 사람들. 도움을 청하지만 가장 끔찍한 형태로 이루어지는 소원들.

너의 시선을 따라 하민이 고개를 돌리자, 네가 중얼거렸다.

맥의 배를 가르면

"굳이 되돌려야 할까요?"

"이 세계가 마음에 드나?"

"별로 그렇진 않은데요. 하지만 현실이라고 마음에 들지는 않았습니다. 적어도 제대로 된 기사를 쓰라고 달달 볶는 편집장도 없고 이런 걸 기사라고 쓰냐고 화내는 댓글도 없거든요. 이 세계가 마음에 드는 부분도 있습니다. 여기저기 꿈의 잔해가 떠밀려 올 때마다 필요한 건 뭐든 집어다 쓸 수 있거든요. 먹을 것도 풍족하고요. 저번엔 흰토끼를 잡았는데 케이크더군요. 손에 쥐니까 한 움큼 생크림이 잡히는 바람에 앉은자리에서 서둘러 먹어야 했습니다. 눈은 체리였고 머리에는 살구잼이, 몸에는 딸기잼이 가득했습니다. 그렇게 맛있는 건 처음 먹어 봤어요."

"나쁜 건?"

"꿈의 경계로 머리를 들이밀 때마다 운이 나쁘면 뚝 떨어져 나갈지도 모르고, 그렇게 된 상태로도 여전히 살아 있을 거란 사실이죠. 뭐, 솔직히 현실이나 꿈이나 일장일단이 있습니다. 크게 다르지 않다면 그냥 가만히 있는 게 낫고요."

하민은 부정했다.

"아니. 둘이 다르지 않다면 되돌려야 해."

"어째서요?"

"머지않아 꿈이 현실 전체를 침범할 거야. 그럼 되돌릴 기회는 사라지지. 현실은 꿈으로 환원할 수 있지만 꿈을 현실로 환원할 수 있는 방법은 요원하거든."

"상고시대에 맥은 꿈을 먹고 현실로 되돌렸다지 않았나요?"

"운이 좋았던 거지. 그 이전에는 기록될 수 없는 기나긴 꿈의 시기가 있었고, 우리 이후로도 어쩌면 그렇게 될지도 몰라. 그에 비하면 현실은 찰나에 불과할지도 모르지. 하지만 당장은 그 현실을 붙잡아 둘 방법이 있어."

너는 하민의 말이 꼭 맞다고 생각하지 않았다.

하지만 네가 그 일을 할 수 있을 거라고 믿는 근거가 궁금했다.

"왜 그렇게 생각해요?"

"당신은 꿈을 꾸지 않으니까."

너는 눈에 띄게 당황하고 말았지만 태연한 태도를 유지하려 노력했다.

"왜 그렇게 생각하시죠?"

"우리는 오래전부터 당신을 지켜봐 왔어. 의식적으로 꿈을 꾸지 않으려는 사람은 많아. 결국 실패하고 말지만, 당신은 달랐지. 사람들은 이제 무언가를 원하면, 그러니까 그저 배가 고프기만 해도 꿈을 통해 먹을 것을 얻어. 하늘에서 음식이 떨어지거나, 고가의 호텔 서비스를 받거나, 눈앞의 무언가가 원하는 음식으로 변하길 바랄 수도 있어. 하지만 당신은 남들이 만들어 둔 꿈만 소비했지."

"맞아요. 저는 남들처럼 꿈을 꿀 수가 없더군요."

"꿈을 꾸지 않는 사람은 다른 사람의 꿈에도 영향을 받지 않아. 우리는 그런 사람을 완결되었다고 해."

"잠깐만요. 그럼 저 말고도 완결된 사람들이 있다는 거군요? 그 사람들에게 부탁하지 그래요?"

하민은 고개를 가로저었다.

"일반적으로 완결된 사람은 다른 사람과 소통 자체가 불가능해. 의자가 된 사람이랑 대화할 수 있겠어? 물론, 요즘은 말하는 의자를 곧잘 볼 수 있긴 하지만, 대화를 할 수 있다 하더라도 의자가 무슨 도움이 되겠어? 당신은 특별한 케이스야."

맥의 배를 가르면

"그렇게 생각해 본 적은 없는데요."

"아마 당신이 맥에게 위해를 가한 유일한 사람이라서 그렇겠지. 꿈이 당신을 거부하고 있어. 하지만 당신은 진짜로 꿈이 없는 완결된 사람이 아니지. 꿈의 중심에서 직접 소원한다면, 당신의 바람은 이뤄질 거야. 맥의 갈라진 배 앞에서라면 꿈을 꿀 수 있을 거야."

"꼭 제가 거기까지 가야 하나요? 꿈을 꿀 수 있는 사람들에게 모든 것이 되돌아오길 빌라고 할 수는 없는 건가요?"

"꿈과 꿈 사이의 척력은 굳이 말하지 않아도 알고 있겠지."

어떤 사람은 누군가 죽길 바라고, 어떤 사람은 누군가 살길 바란다. 그 사람이 같은 사람이라면 그 사람은 산 것도 죽은 것도 아닌 상태가 되거나 살거나 죽은 두 가지 상태로 양분된다. 꿈속에서 모순은 없고 그냥 두 가지 양태가 모두 긍정된다. 하지만 그건 또 다른 갈등을 만들어 낼 수밖에 없었다. 꿈과 꿈은 갈등하고 반목한다. 그것이 척력이다.

"아직 꿈과 현실이 합쳐지는 것과 분열되는 두 가지 양태가 긍정되고 있어. 이런 외곽에서 꾸는 꿈으로는 세상 전체가 꿈이길 바라는 이들을 이길 수 없어. 맥의 배가 갈라진 꿈의 중심으로 가야만 해."

너는 확인을 위해 되물었다.

"꿈과 현실이 분리되길 바라는 이들보다 꿈과 현실이 뒤섞이길 바라는 이들이 더 많고, 따라서 분리되길 바라는 이들의 꿈이 이루어지려면 맥에게 갈 수밖에 없다는 것이군요? 하지만 꿈을 꿀 수 있는 이들은 맥에게 도달할 수 없고 꿈을 꾸지 못하는 이들에겐 맥에게 가 달라고 말할 수 없고요."

"맞아. 완결된 이들은 어차피 더는 새로운 꿈을 꾸지도 않아."

너의 고민은 그리 길지 않았다.

"좋아요. 그 말대로 해 볼게요."

너는 하민과 함께 꿈의 중심으로 향했다. 모험이 시작된 것이다. 현실이라는 바닥에서 꿈으로 부상해 흐물거리고 물컹거리는 세계에서 너는 하민과 함께 허우적댔다. 무수한 강을 건넜다. 이름 모를 노인을 등에 지고 걸어서 건너거나, 뱃사공에게 금화 한 닢을 주고 건너거나, 혼인한 적 없는 반려의 만류에도 강을 헤엄쳐 건너기도 했다. 돌아오라고 외치는 절절함에 너는 몇 번이나 고민을 했었다. 다리 위를 지날 때도 있었다. 포탄이 떨어지는 다리 위를 자동차를 타고 건너거나, 키사라기역에서 출발한 기차에 올라타 건너기도 하고, 하나의 도시나 다름없는 거대한 다리에서 일생을 지새우기도 하고, 이미 끊어진 다리를 주춤주춤 건너기도 했다. 너는 강을 건너면 환대를 받기도 하고 환대처럼 보이는 기만에 속기도 하고, 경계심 가득한 눈길에 내쫓겼다가 또 다음 다리를 건너야 했다. 산을 오르기도 했다. 무수한 산맥들에는 언제나 산을 지키는 서로 다른 산신이 있었고 너를 시험했다. 걸어 다니는 오두막의 마녀와 할머니로 변장한 호랑이가, 호수 가운데서 헐벗은 요정이, 식인 취향을 두고 싸우는 거인들과 금은보화를 쌓아 두고 셈을 하는 드래곤이 그들이었다. 이들은 고통받고 있거나 그저 재미로, 또는 배가 고프다는 이유로 너를 위협했다. 너는 힘과 기지로, 날렵함으로, 때로는 운이 좋아서 산신의 시험을 이겨 냈다. 너는 미궁에 빠지기도 했다. 미노타우로스가 쫓아올 때는 실타래를 감아서, 무한히 이어지는 노란 벽지의 방에서는 우수법으로, 방 탈출 게임은 언젠가 플레이했던 너의 기억으로, 행복한 현실처럼 보이는 백일몽은 이토록 행복한 삶을 살 리가 없다는 자격지심으로

맥의 배를 가르면

탈출했다. 너는 사람들을 구하고 영웅이 되기도 하고 실수 또는 고의적인 선택으로 죄 없는 사람들을 고통으로 내몰기도 했다.

이 모든 모험이 가능했던 건 하민 덕분이었다. 하민의 주머니에서 나온 금화와 요정을 향해 달려 나가는 너를 붙잡았던 하민의 손, 꿈에서 깨어나라며 네 배에 날린 발길질이 아니었더라면 너는 절대로 나아갈 수 없었을 것이다. 하민은 완결된 사람이었다. 너를 제외하면 유일하게 꿈의 중심까지 갈 수 있는 의지를 가진 데다 더불어 꿈의 중심에 가더라도 다른 이들의 꿈에 무너지지 않을 수 있는 사람이었다.

"어떻게 그럴 수 있죠?"

"나는 조력자로 완결되었으니까."

"왜 그런 꿈을 꾼 거죠? 주인공이 되는 꿈을 꿀 수도 있잖아요."

"무례한 질문이군. 답하지 않겠다."

하민은 너에게 왜 이 모험을 감수하느냐고 묻기도 했다. 너는 그 질문이 있기 전부터 스스로도 의아해하던 차였으므로 생각하던 바를 말했다.

"맥의 배를 찌른 전후로 기억이 희미하거든요. 맥의 배를 찌른 것 때문에 제 꿈이 뭔지도 모르는 거라면, 저로서는 현실로 돌아가는 것 말고는 이 세계에 기대할 게 없죠."

"그럼 내 제안을 처음부터 받아들일 생각이었나?"

"아마도요."

꿈의 중심으로 다가갈수록 익숙한 얼굴들을 만나기도 했다. 몽상가들이었다. 몽상가들은 하민이 말했던 완결된 존재가 되어 있었다. 어떤 이는 악마가 되어서 사람을 고문하고, 어떤 이는 암군이 되어서 폭정을 일삼았다. 가장 끔찍한 것은 기요였다. 기요는 이무기가 되어 있었다. 기요는 이런저런 핑계로 사람들을 잡아서는 허기를 참지 못하겠다며 산 채로 잡아먹었다. 너는 알 수 있었다. 맥이 삼켰던 기요의 꿈이 바로 그것이었다는 것을.

하민의 말에 따르면 형상은 바람에 근거했다. 악마가 되었다는 건 악마와 같은 바람을 꾸었기 때문이고, 암군이 되었다는 건 암군과 같은 바람을 꾸었기 때문이었다. 그러니 기요가 사람을 잡아먹는 이무기가 되었다는 건 기요가 사람을 잡아먹는 꿈을 가졌기 때문이었다.

"만족스럽나요?"

너의 물음에 기요는 사람으로 살찌운 집채만 한 몸을 비틀었고, 먹빛 비늘의 끄트머리만 서늘하게 번쩍였다.

"아니요."

"어째서죠?"

"이렇게 먹는데도… 아직 허기지니까요."

"바람은 충족될 수 없군요."

"이럴 줄 알았더라면…."

기요는 첫 만남에선 너와 하민을 보내 주었지만 두 번째 만남에선 실수인 척 잡아먹으려 했고, 세 번째 만남에선 너를 잡아먹기 위해 함정을 팠다. 하지만 희생을 한 것은 네가 아니라 하민이었다.

하민은 기요의 시선을 끌기 위해 달려 나가기 전, 마지막으로 이렇게 말했다.

"걱정할 것 없어. 이게 조력자의 임무니까."

너는 외톨이가 되었지만, 동물원을 가로질러 하민이 바라던 대로 맥의 앞까지 올 수 있었다.

맥의 배를 가르면

철창 너머의 맥은 네가 희미하게 기억하는 모습 그대로 바닥에 누워 있었다. 다행스럽게도 사람은 원래 부유할 수 있었기 때문에 철창은 장애물이라 할 수 없었다. 너는 철창을 넘어 맥에게 다가갔다. 언젠가 맥의 배를 갈랐던 그때와 같은 거리였다.

너는 맥의 앞에서 맥이 되살아나길 바랐다. 하민의 말이 맞다면 맥이 있는 꿈의 중심부에서 너의 바람은 그 누구의 것보다 거대할 터였다.

하지만 맥은 움직이지 않았다. 싸늘하게 누워 숨 쉬지 않았다.

너는 몇 번이고 맥이 되살아나고 모든 꿈을 집어삼키는 모습을 꿈꿨다. 하지만 그런 일은 일어나지 않았다. 너는 뒤통수가 간지러워 힐끗 뒤를 돌아봤다. 우리에 갇힌 사람들이 동물 흉내를 내다 말고 너를 보며 키득거리다가, 네 시선과 마주치면 다시 열정 있게 동물 흉내를 냈다. 너는 무엇이 잘못되었는지 확인하기 위해 맥의 시체를 다시 한번 살폈다.

맥의 배는 다소 부풀어 있었는데, 이렇게 많은 꿈을 쏟아 냈으면서 여전히 부풀어 있다는 게 의아했다. 너는 맥의 배 속으로 손을 집어넣었다. 맞잡을 수 있는 손이 잡혔다. 싸늘한 감각 때문에 너는 겁에 질려 내빼려고 했지만, 이상하게 반대쪽 손은 엉켜들었다. 너는 어쩔 수 없이 그 손을 맞잡고 쭉 당겼다. 가슴에 일식도가 꽂힌 사람의 시체가 끌려 나왔다.

나였다.


승(承)

"…그렇게 해서 제가 아메리카 테이퍼의 배를 찔렀죠. 고의는 아니었어요. 맥을 찌른 건 더더욱 아니죠. 일단 겉보기엔 맥이 아니었으니까."

"하지만 표리일체였지 않습니까? 아메리카 테이퍼의 몸이 갈라진 상처로부터 쏟아져 나와서는 몸이 까뒤집어졌죠. 벗어 놓은 양말처럼요."

"그렇죠. 어, 그런 부분에선 제가 맥을 찌른 거긴 하네요. 고의는 아니었지만. 그래도 생각보다 끔찍하게 생기진 않았더라고요."

너는 대꾸를 하다가 무언가 이상하다는 걸 깨달았다. 너는 회색의 시멘트 벽을 보면서 이 공간이 취조실일 거라고 생각했다. 동물원에 무단침입하고 재산권을 침해해 현장에서 체포되었으며, 취조실로 끌려와 무슨 일이 있었는지 이야기하고 있다고 믿었다. 방금까지는 그랬다. 하지만 이야기를 모두 하고 보니 여기는 취조실이 아니었다. 경찰에 붙잡히거나 끌려온 기억도 없었다. 너는 여전히 동물원에, 맥의 시체 옆에 있었다.

바닥에 드러누운 아메리카 테이퍼, 또는 맥이 말했다.

"아무튼, 그렇게 된 일이었군요."

너는 주변을 두리번거렸다. 시멘트 벽은 사면이 모두 막혀 있었다. 너는 도망갈 곳이 없었다.

맥은 어디에도 초점이 맞지 않은, 빛을 잃은 멀건 눈동자 그대로 입만 움직여 말했다.

"걱정할 것 없습니다. 저는 죽어 가고 있지만, 아직 죽지는 않았습니다. 당신을 위해서 잠시 세계와 격리했습니다."

"그렇군요."

"이제는 꿈을 믿으시나요?"

맥의 배를 가르면

"믿을 수밖에 없겠네요."

"그럼 당신의 꿈도 돌아왔겠네요. 무엇인지 아십니까?"

그 말에 너는 자신의 꿈을 알아차렸다.

너는 옛날부터 죽어야겠다고 생각했다.

태어날 때는 그 바람이 완벽하게 갖춰지지 않았다. 그저 어딘가 갈망되지 않은 무언가 때문에 답답했고 그 때문에 잔투정이 많았다. 너의 어머니는 네가 얌전하지만 울음이 많다고 기억했다. 쉽게 충족되지 못하는 욕망이기에 어쩔 수 없었던 것이다. 너는 난간과 가장자리에 설 때마다 네가 추락하는 모습을 그릴 수 있었다. 아버지를 따라간 목욕탕에서 발을 헛디뎌 냉탕에 빠졌을 때 너는 귀와 비강과 폐로 차오르는 물이 너의 부족한 무언가를 채워 주고 있다는 걸 알았다. 가장 명백한 인식은 초등학생 때였다. 놀이터에서 친구들과 누가 더 높은 위치에서 뛰어내릴 수 있는지 내기를 했다. 너는 미끄럼틀 위에서 뛰어내려 모두를 이기고 나서 정글짐 꼭대기를 차지했고, 그 뒤에도 친구들을 교묘하게 부추겨 아파트 2층에서 뛰어 보자고 했다. 너를 따라 뛰어내린 친구의 발목이 부러지지 않았더라면 네 꿈은 더 빨리 이뤄졌을 것이다. 너는 상처를 신경 쓰지 않거나 손톱을 물어뜯는 자기 파괴적인 습관이 몸에 배어 있었다. 늘 어딘가 공허했다. 삶이 빈 자기 그릇이라면, 다른 이들이 채우려고 할 때 너는 깨어져야만 진정한 형태가 완성된다고 믿었다. 너는 이 긍정되지 않는 욕망을 해소하기 위해 소설을 쓰기도 했다. 너는 몽상가들에게 아무것도 꾸며 내 말하지 않았다. 그저 잊고 있던 사실들을 무의식적으로 끄집어냈을 뿐이었다.

맥을 만난 것도 이번이 두 번째였다. 첫 번째로 맥을 만났을 때 너는 드디어 꿈의 명확한 형태와 꿈을 충족시킬 만한 의지와 방법도 알고 있었다. 너는 꿈을 이루기 직전이었다. 하지만 맥은 너의 꿈을 삼켜 버렸다. 꿈이 사라지자 너는 자기 파괴욕도, 공허감도, 우울도 잃었다. 개성은 옅어졌으나 죽지 않을 수 있었다.

하지만 꿈이 돌아온 이상 너는 이제 죽어야 했다.

"…이제 내게 그 욕망이 있다는 걸 알아. 하지만 난 왜 죽지 않지?"

"말한 것처럼, 잠깐 동안 당신을 위해 세상과 격리한 것입니다. 당신은 꿈을 발견했지만 꿈은 아직 당신에게 도달하지 않았어요. 시간도 공간도 꿈에 불과하니까요. 때가 되면 꿈이 당신에게 절로 도달하겠지요. 당신은 제 배를 갈랐던 칼을 뽑아 자신의 심장에 꽂아 넣을 겁니다."

"난 죽고 싶지 않아."

"아직은 그렇겠죠. 하지만 곧 그렇지 않게 될 겁니다. 당신은 다른 몽상가들이 바라 마지않았던 것과 같이 그 꿈을 충족할 겁니다. 만족스러워하겠죠. 죽은 이후라 그것을 느낄 수는 없겠지만."

"내 꿈을 먹어 줄 수는 없어?"

"당신이 제 배를 갈랐기 때문에, 제가 삼키더라도 다시 쏟아져 나올 겁니다."

"나보고 포기하라는 말을 하기 위해서 이렇게 말을 걸었던 건 아닐 테지. 다른 방법은 없어?"

"항상 자신의 꿈만이 자신에게 이로운 건 아니죠. 당신을 도울 다른 꿈을 찾으십시오."

"어떤 꿈?"

"무엇이든 좋습니다. 하지만 저는 꿈을 삼키는 존재지 꿈을 꾸는 존재가 아닙니다. 당신이 바라는 꿈을 꾸세요. 당신을 살릴 수 있는

맥의 배를 가르면

건 무엇일까요?"

"모르겠어."

"질문을 바꿔 보죠. 무엇이 당신 대신 죽을 수 있을까요?"

너는 그 물음에 답을 떠올렸다. 순간 세상이 깜빡이더니 아메리카 테이퍼의 몸이 뒤집혔다. 격리가 끝나고 현실과 꿈이 뒤섞이고 있었다. 너는 현란한 빛깔로 해체되는 맥에게서 쏟아지는 꿈에서 몸을 지키기 위해 바닥에 몸을 웅크렸다. 모든 것들이 무너지는가 싶더니 기갈과 같이 욕망이 바짝 메말랐다. 맥이 말했던 대로, 그렇지 않게 되었다. 원하는 것은 죽음뿐이었다. 공포도 슬픔도 허무 앞에선 의미를 잃고 사라졌다. 이 이상의 삶이 도대체 무엇을 충족시켜 준단 말인가? 너는 맥의 배에 꽂힌 칼을 집기 위해 고개를 들었다. 그리고 너 자신과 눈이 마주쳤다. 아니, 달리 말하자면 그건 나였다.

내가 바로 네가 찾아낸 꿈이었다. 나는 너와 완벽하게 똑같았다. 생김새는 물론이고 습관과 버릇, 생각도 완전히 같았다. 그것이 내 속성이었다. 나는 도플갱어, 또 다른 말로는 서생원이었다. 나는 네가 내다 버린 손발톱을 집어 먹은 100년 묵은 생쥐였다. 오물 가득한 하수구에 살았고, 남이 버린 것만 얻을 수 있었다. 비가 오면 물살 속에서 살아남기 위해 매달리고, 먹을 것을 구하기 위해 창고를 뒤적이다 빗자루에 두들겨 맞았다. 난 한 번도 제대로 된 존재로 살아 본 적이 없었다. 한순간만이라도 그런 존재가 되어 보는 것이 바로 내 꿈이었다. 네가 나를 찾아낸 순간 내 꿈 또한 허락되었다. 꿈의 인력으로 합치된 우리의 바람 덕분에 너와 나는 눈을 마주할 수 있었다. 그리고 나는 네가 바랐던 대로, 너의 욕망도 가지고 있었다.

일식도를 먼저 집은 것은 너였다. 하지만 그 사실을 내가 이미 예측할 수 있었던 건 너에게 불리한 점이었다. 너는 더 빠르게 자신의 가슴에 칼날을 꽂아 넣으면 된다고 생각했겠지만, 내가 더 빠르게 네 배를 걷어찼다. 너는 충격으로 칼을 놓쳤고, 우리는 바닥에 떨어진 칼을 두고 주먹다짐을 이어 나갔다. 뒤엉켜 만신창이가 되도록 싸운 끝에 누가 마지막에 칼을 집었는지는 불분명하다. 확실한 것은 이것이다.

둘 중 하나는 죽었고, 우리 둘이 공유하던 꿈은 그렇게 이루어졌다는 것이다.


**결(結)**


"…그렇다면, 당신은 서생원이군요."

카페에서 기요가 그렇게 말했다.

나는 되물었다.

"왜 그렇게 생각하죠?"

기요는 생각을 정리하려는 듯 창문 밖을 내다보다가 자신의 생각이 옳다는 듯 고개를 끄덕이곤 나를 바라보았다.

"당신 말대로라면 이렇게 됩니다. 만약 진짜 당신이 살아남았다면, 당신은 소원을 빌 수 없었을 겁니다. 서생원이 대신해서 당신의 바람을 이뤄 버렸으니까요. 당신은 완결된 존재가 된 거죠."

"서생원이 살아남았다면요?"

"진짜 당신이 죽은 순간 당신의 바람이 이뤄진 거죠. 문제는 그 순간 서생원은 진짜 당신이 된다는 욕망도 충족할 수 없게 됩니다.

맥의 배를 가르면

완결되지 않은 존재로 남는 거죠. 꿈 없는 사람이 되었을 테니, 하민과 함께 꿈의 중심에서 꿈꿀 수 있었을 겁니다."

나는 고개를 끄덕였다.

"맞아요. 제가 서생원이에요."

"그렇게 보이지 않는데요."

"이제 저의 기억도 희미해요. 제가 정말로 생쥐이기는 했을까요? 하수도를 돌아다녔던 건 어린 시절의 꿈이 아니었을까요? 기요 씨가 말한 논리를 제외하곤 저도 제가 서생원이라는 확신이 없어요."

"더는 중요한 문제도 아니죠."

나는 고개를 끄덕였다.

문제라면 내가 아니라 기요에게 있었다.

"제가 그렇게 꿈꿨기 때문에 맥은 되살아났어요. 어떻게 하실 거죠?"

기요는 즉답을 피하려는 듯 내 시선을 피했다.

하지만 나는 이미 했던 이야기를 다시 꺼냈다.

"당신은 사람을 잡아먹는 꿈을 가졌었어요. 당신은 그 꿈을 지금 바라고 있나요?"

"…아뇨."

"아니면 내 말이 맞는지 확인해 보고 싶나요?"

기요는 양손을 펼치며 살짝 흔들었다.

"아뇨. 그렇게까지 확인하고 싶지는 않아요. 꿈을 알게 된 것만으로 충분해요."

이후 기요와 꿈에 대해서 이야기를 좀 더 나누었다. 그저 운이 좋아서 세상이 되돌아온 것인지, 아니면 지금 이 현실 또한 보다 거대한 꿈과 꿈의 척력이 작용하고 있는 것인지, 그래서 언제라도 현실에 꿈이 비집고 들어와 무너지는 것은 아닌지 이야기했다.

"이제 어떻게 하실 거죠?"

"글쎄요. 몽상가들 심층 취재는 흐지부지되겠죠. 이런 말도 안 되는 이야기를 그대로 실을 수도 없고."

"그 잡지에 소설란은 없나 보죠?"

재미있는 제안이지만 곧장 편집장에게 말할 자신은 없었다.

나는 기요가 떠나고 나서도 자리에 좀 더 앉아 있었다. 다른 사람들의 바람이 좀처럼 이루어지지 않는 딱딱한 현실은 불편한 구석이 있었다. 의자에 이런저런 모습으로 몸을 비틀어 앉으며 쓸 만한 기삿거리를 메모하고 있는데, 누군가 옆에 와서 테이블을 가볍게 두드렸다. 나는 반사적으로 되물었다.

"…누구?"

"나야."

나는 익숙한 목소리에 고개를 들었다. 하민이었다.

"살아 있었군요?"

"당연하지. 그건 꿈이었으니까."

하민이 맞은편에 앉으며 말했다.

"생활은 어때? 인간으로서의 삶은?"

"형편없죠."

"인간이 된 걸 후회해?"

"좀 그런 것 같아요."

하민이 드물게 웃으며 말했다.

"그럼 잘됐군. 조정국은 꿈꿀 수 있는 사람을 선호하거든."

"네?"

"비참한 사람만이 꿈을 꾸잖아. 잡지사에서 잘리면 할 일도 없을

맥의 배를 가르면

테고. 설마하니 소설이라도 쓸 생각은 아니겠지?"

"…글쎄요. 모를 일이죠."

나는 적당히 뜸을 들이며, 너라면 무엇을 선택했을지를 가늠했다.

꿈은 끝났으나, 아직 네 흉내는 끝나지 않았으니까.

# 죽은 자의 영토

김주영

무명은 배달 호출이 없는 틈을 타서 잠시 오토바이를 골목 어귀에 세웠다. 담벼락 너머가 대학이어서 골목 좌우로 원룸이 쭉 이어져 있었다. 주위로 아파트도 즐비해서 이 주변은 복잡하기 짝이 없었는데 이 골목만은 묘하게 늘 한적했다. 게다가 당산나무처럼 한쪽에 버티고 선 커다란 느티나무 아래에 널따란 평상까지 놓여 있어서 이곳만 보면 한가로운 시골 마을 같았다. 그런 분위기가 좋아서인지 평상에는 수시로 사람들이 앉아서 머물렀다.

무명은 보름 전에 우연히 근처 원룸에 배달을 왔다가 이 골목을 알게 되었다. 그 후로 휴식 시간이면 일부러 찾아와 평상에 앉아 시간을 보냈다. 맞은편에 편의점이 있어서 간단히 끼니를 때우기도 좋았다. 그러다 느티나무와 붙어 있는 허름한 건물의 구멍가게 할머니가 평상 주인임을 알게 된 후부터는 편의점 대신 구멍가게를 이용했다. 물건도 별로 없고, 직접 만든 김밥이나 주먹밥의 위생 상태가 조금 걱정스러웠지만, 맘 편히 평상을 사용하는 대가라고 여겼다.

구멍가게 주인 할머니는 나이에 비해 키가 크고 살집이 붙은 둥글둥글한 체격이었다. 눈은 떴는지 감았는지 알 수 없을 정도로 작고 길었는데 위로 반원을 그려서 항상 웃는 것처럼 보였다. 얼굴만 보면 마음씨 좋은 할머니처럼 보였지만, 막상 앞에 서면 거대한 체구에 압도당해서 저절로 공손해지곤 했다.

사실 그런 경외감이 든 건 체구 때문만은 아니었다. 할머니가 인간들 틈에 섞여 든 다른 존재라는 건 진즉에 눈치챘다. 무명을 대하는 태도로 보아 할머니도 그 사실을 알고 있는 게 분명했다. 하지만 두 사람은 그에 관해 딱히 이야기를 나누지 않은 채 늘 덤덤히 서로를 대했다.

"오늘도 주먹밥이랑 컵라면이야?"

주인 할머니가 눈동자가 보이지 않는 작은 눈으로 싱긋 웃으며, 오토바이를 나무 곁에 세우고 평상으로 걸어오는 무명에게 물었다.

"응."

무명이 반말로 시큰둥하게 대답했다. 남들이 보면 건방져 보일 행동이었지만, 나이나 계급으로 정한 예의는 인간 세상에서나 유효한 규칙이었다.

무명이 헬멧을 평상 위에 내려놓는데 휴대폰이 진동했다. 엄마의 전화였다. 사흘 전 큰아버지가 돌아가신 터라 장례식에 오지 못한 자신에게 소식을 전하려고 전화했겠지 생각하며 무명은 통화 버튼을 눌렀다. 아니나 다를까, 엄마는 무명이 전화를 받자마자 발인을 무사히 끝냈다는 말부터 꺼냈다.

"외할아버지가 꿈에 찾아오셨더라. 큰아버지는 잘 데려가니 걱정하지 말라고 하시더라."

엄마가 덧붙였다.

외할아버지는 무명이 고등학생이던 5년 전에 돌아가셨다.

죽은 자의 영토

그때만 해도 부모님과 편안히 살며 아무 걱정이 없었다. 문득 그 시절이 떠오르자 무명은 외할아버지가 조금 원망스러웠다.

외할아버지는 우리 가문은 죽으면 대대로 저승사자로 일하게 된다고 했다. 죽어서 길이길이 일해야 할 운명인데 살아서도 일하며 살고 싶지 않다고 평생 한량으로 지냈다. 그렇게 돌아가실 때까지 먹을 걱정 없이 살았다. 다행히 별 재주도 없는 가난한 한량 할아버지에게 시집온 외할머니가 희한하게도 손을 대는 일마다 대박을 터트리며 돈을 벌어들였다.

외할아버지는 염라대왕이 예비 사원의 뒤를 봐줘서 그런 거라고 뻔뻔스럽게 주장했다. 놀고먹는 주제에 입만 살았다고 쥐어박아도 시원찮았을 텐데, 외할머니는 그런 외할아버지를 한없이 귀여워했다. 돈은 내가 벌 테니 당신은 하고 싶은 거나 하며 살라는 말은 외할머니의 입버릇이었다.

그래서인지 두 분의 금실은 한없이 좋았다. 그나마 외할아버지가 식사와 빨래부터 소소한 집안일에 이르기까지 살림을 챙기며 외조를 한 덕인지도 몰랐다. 게다가 딸 사랑이 유난했던 외할아버지는 줄줄이 태어난 세 딸을 업어 가며 키웠다. 대를 이어 저승사자로 일하며 죽어서까지 노동 착취를 당할 아들놈이 태어나지 않은 걸 다행으로 여기면서.

그런데 말이야.

어느 날, 이제 너도 알아야 할 때가 되었다며 말을 꺼낸 외할아버지의 얼굴은 화가 난 것처럼 벌겋게 익어 있었다. 중학교를 졸업한 후에 집을 떠나 생활해야 한다는 말을 무명에게 하던 날이었다.

저승도 이승이나 매한가지로 여성의 권리를 높이기로

했다는구나.

　무명은 무슨 말인가 하고 멀뚱멀뚱 외할아버지 얼굴을
바라보았다. 외할아버지는 저승의 문화가 바뀌어 이제 여자도
대를 이을 수 있으므로 맏딸인 엄마가 사후에 저승사자로 일하게
되었다고 했다. 즉, 외동딸인 무명 역시 사후에는 저승사자로 일해야
한다는 얘기였다. 무명을 애지중지했던 외할아버지는 무명이
저승에서 노동력을 착취당하는 걸 가만히 두고 보진 않을 거라고
했다.

　3년 후에 내가 저승에 가면 어떻게든 방도를 마련해 보마.

　무명은 외할아버지의 굳은 결심에 감동하는 대신 3년 후에
저승에 간다는 말이 진짜냐고 되물으며 엉엉 울어 버렸다. 당황한
외할아버지는 말이 헛나왔다며, 백 살이 넘을 때까지 살 거라고
무명을 달랬다. 거짓말이었다. 3년 후 할아버지는 정말 잠을 자다가
조용히 저승으로 떠났다.

　무명은 할아버지의 유언에 따라 이름을 바꾸고 다른 지역에
있는 고등학교로 진학했다. 그 후로도 외할아버지가 엄마 꿈에
나타나서 지시하는 대로 계속 전국을 떠돌아다녔다.

　외할아버지는 직계 자손 꿈에만 찾아올 수 있었는데, 열심히
일하면서 초고속 승진 중이라는 소식을 엄마의 꿈을 통해 꾸준히
알려 왔다. 순조롭게 저승사자 관리직에 올랐고, 무명의 명부를
몰래 빼돌리는 만행을 저질렀다는 소식도 전했는데, 저승사자 일을
대물림하지 않을 방도를 찾을 때까지 무명의 존재를 살짝 감춰
두려고 그랬다고 했다. 무명은 자신의 존재를 숨긴 채로 지내며
어디에 정착하거나 소속되는 일은 꿈도 꾸지 않았다.

　태어난 적이 없는 자.

죽은 자의 영토

그것이 지금 저승에서 인식하는 무명의 상태였다.

"외할아버지는 잘 지내신대?"

외할아버지가 문득 보고 싶어진 무명이 엄마에게 물었다.

"아유, 맨날 승진 이야기만 하셔서 질려."

엄마가 투덜거리면서 요즘 이상한 일이 없었는지 물어 왔다.

"외할아버지가 너 주변에 이상한 일이 생길 수 있으니 무조건 조심하라셔. 자주 찾아오신다니 너도 엄마한테 자주 연락해."

엄마가 걱정스러운 말투로 당부하더니 전화를 끊었다.

전화를 끊고 나자 이상한 세계에서 현실로 돌아온 기분이 들었다. 외할아버지와 엄마가 그렇다고 하니 여태껏 믿어 왔지만, 20대 중반이 되고 보니 다 헛소리 같기도 했다. 외가에 내려오는 이상한 토속 사이비 신앙의 희생자가 된 것은 아닌지 심히 의심스럽기도 했다.

"뭘 그리 열심히 생각해?"

잠시 생각에 잠겨 있던 무명은 귓가에서 들려오는 목소리에 화들짝 놀라 고개를 돌렸다.

주먹밥과 라면 냄비를 쟁반에 받쳐 든 구멍가게 할머니가 곁에서 무명을 빤히 바라보고 있었다. 무명은 기이한 위화감을 느끼며 자신도 모르게 한 걸음 물러섰다.

가느다란 할머니의 눈이 어느새 커다랗게 열려 새까만 눈동자를 드러내고 있었다. 곁에 선 느티나무가 바람에 흔들리며 윙윙거리는 소리가 오늘따라 음산하게 들렸다. 주변을 둘러보니 넓은 골목이 오늘따라 텅 비어 있었다. 갑자기 현실이 아닌 다른 세계로 와 버린 기분이었다.

다른 세상의 존재는 이런 식으로 불쑥 자신이 이곳에 속하지 않았음을 드러낸다. 할머니에게서 흘러나온 기운에 홀려서인지 일순 눈앞에 할머니의 실체가 희미하게 드러났다. 무덤의 입구나 외곽을 지킨다는 신수, 진묘수다. 통통하고 둥글둥글한 모습이 할머니의 체구와 비슷했다.

할머니로 현신한 진묘수가 어느 무덤을 지키는지는 모른다. 즐비하게 늘어선 아파트와 건물이 가득한 여기 어딘가에 잊힌 무덤이 하나쯤은 있겠거니 여길 뿐이다. 저승과 인연이 깊은 신수라서 처음엔 경계했지만, 꽤 시간이 지나는 동안에도 별일이 일어나지 않아서 안심하는 중이었다.

무명은 진묘수의 기운 때문에 오돌토돌 팔에 돋아난 소름을 쓰다듬었다. 기운이 걷히지 않으면 자리를 떠야 할 것 같았다. 그런데 느닷없이 나타난 남학생들이 신수의 기운을 걷어 냈다.

"할머니! 라면 세 개요!"

남학생들이 씩씩하게 외치며 우르르 평상에 모여들자 할머니의 눈이 평상시처럼 감기며 반 호가 되었다.

"뭘 그리 멍하니 서 있어. 남은 사람은 잘 먹어야지."

할머니가 웃으면서 무명을 툭 치고는 라면을 끓이러 구멍가게 안으로 들어갔다. 무명은 간신히 한숨을 돌리면서 나무젓가락으로 라면 면발을 한 바퀴 휘감아 올렸다.

"어라?"

면발을 입 안으로 밀어 넣으려던 무명의 등골이 오싹해졌다. 그런데 할머니는 큰아버지가 돌아가셨다는 걸 어떻게 알았을까? 마치 알고 있는 것처럼 무명에게 말했다. 남은 사람은, 이라고.

역시 경계해야 하는 걸까.

무명은 입에 걸린 면발을 호로록 빨아들이며 고민했다. 주변에 이상한 일이 일어날 수 있다는 외할아버지의 경고도 있었으니 당분간은 조심하며 지켜봐야 할 것 같았다.

그날 이후 무명은 한동안 평상을 찾지 않았다. 엄마의 전화가 없는 것을 보니 진묘수가 이상한 짓을 벌이고 있는 것 같지는 않아서 안심했지만, 신수의 기운을 뿜으며 질척거리는 할머니의 태도가 영 찜찜했다.

그늘에서 잠시 쉬는 동안 배달 주문을 알리는 문자가 도착했다. 배달지는 근처 아파트였다. 무명은 곧장 오토바이에 올라타서 시동을 걸었다.

무명은 저승의 눈을 피해 도망치는 신세라 정식 취업은 할 수 없었다. 여러 일을 전전하다 지금은 조금 수상쩍어 보이는 사무실의 배달 심부름을 하며 건마다 돈을 받는다. 배달하는 물건은 서류부터 묵직한 상자까지 다양했다. 내용물이 무엇인지는 물어본 적도 없고 궁금하지도 않았다. 덩치가 크고 험악해 보이는 사장이 인상과는 달리 배달 수수료를 미룬 적이 없어서 고마울 따름이었다.

피자 가게에 도착하자 직원이 피자 박스를 바로 내어 주었다. 출출해서인지 피자 냄새에 배가 고파졌다. 무명은 배고픔을 참으며 피자를 배달 상자에 넣고 바로 출발했다.

지금까지 여러 물건을 배달했지만, 음식 배달은 처음이었다. 식기 전에 빨리 배달해야 한다는 생각에 마음이 조급해졌다. 무명은 밀리기 시작하는 도로를 벗어나 좁은 갓길로 빠져 지름길을 통해 아파트에 도착했다.

현관 벨을 누를 때쯤엔 배고픔이 절정에 다다라 있었다. 무명은 군침이 도는 것을 꾹 참으면서 문을 열고 나온 꼬마 남자애를 바라보았다. 대여섯 살쯤 되어 보이는 남자애가 피자는 거들떠보지 않고 무명을 물끄러미 올려다보았다. 비쩍 마른 모습이 좀 기괴해 보였다. 움푹 들어간 뺨을 따라 턱뼈 모양이 그대로 드러나 있었다. 조금 더 살이 빠지면 얼굴이 꼭 해골처럼 보일 것 같았다.

"저기, 피자 배달 왔는데."

무명이 남자애 너머로 거실을 힐끔거리며 말했다.

"부모님은 안 계시니?"

무명이 남자애에게 묻는 순간, 갑자기 통통한 여자가 불쑥 나타났다. 엄마인 모양이었다.

"누군지 확인하기 전엔 문을 열면 안 돼. 그리고 아프니까 나오면 안 된다고 했잖아."

역시 병이라도 걸려서 마른 모양이었다. 여자는 부드럽게 말하고 있었지만 목소리엔 지친 기색이 역력했다. 아마 아픈 애를 돌보다 보니 그런 거겠지.

"무슨 일이세요?"

여자가 남자애를 뒤로 물리고 앞으로 나서며 물었다.

"피자 배달이요."

그 말에 여자가 살짝 눈살을 찌푸렸다.

"집을 잘못 찾아오신 것 같아요. 우리는 시킨 적이 없거든요."

여자가 주소를 확인해 보라고 말하곤 문을 닫았다.

무명은 배고픔 사이로 밀려드는 피자 냄새에 고문당하며 영수증에 적힌 주문자 번호로 전화를 걸었다. 상대는 신호음이 몇 번 가기도 전에 금방 전화를 받았다.

"피자 시키신 분 맞죠?"

젊은 여자 목소리가 그렇다고 대답했다.

죽은 자의 영토

"주소를 잘못 적으신 것 같아요."

무명은 영수증에 적힌 주소를 불러 주었다.

"알아요. 혹시 그 집에 사는 남자애를 보셨나요? 상태가
어땠어요?"

여자가 떨리는 목소리로 물었다. 안절부절못하는 여자 때문에
당황스러웠지만 무명은 침착하게 전화를 받았다. 배달하다가 가끔
이상한 일이 생기더라도 놀라지 말라던 사장의 당부도 생각났다.

"꼬마가 아파서 그런지 많이 말랐더라고요."

무명이 본 그대로 말했다.

"역시 그랬구나. 어떡해. 어떡하지."

발을 동동 구르며 어쩔 줄 몰라 하는 절박함이 목소리에서
그대로 전해졌다. 금방이라도 울음을 터트릴 것 같던 여자는 통화
중임을 간신히 기억했는지 황급히 전화를 끊으려고 했다.

"피자는 어디로 가져다 드려요?"

다급해진 무명이 물었다.

"필요 없으니 그냥 드세요."

전화가 바로 끊겼다.

무명은 그윽이 올라오는 피자 냄새를 맡으며 황홀할 정도로
행복해졌다. 다음 배달도 없는 터여서 아파트 화단에 걸터앉아
순식간에 한 조각을 우적우적 씹어 먹었다. 걷잡을 수 없던 허기는
두 조각을 먹고 나서야 간신히 사라졌다. 천천히 한 조각을 더 꺼내
먹으면서 무명은 그제야 전화를 건 여자의 사연이 궁금해졌다.

남자애와 무슨 관계이기에 일부러 배달을 시켜서 상태를
확인한 것일까. 복잡한 사연으로 떨어져 살게 된 아들이거나 가까운
가족인가 싶기도 했다. 아이의 상태는 딱 보아도 좋아 보이지

않았다. 다정해 보이던 엄마가 일부러 굶겼을 리는 없으니 역시 심각한 병을 앓고 있는 것 같았다.

일부러 굶기지는 않았을 거라고?

피자를 씹던 무명의 머릿속에 그간 신문과 방송에서 봤던 아동 학대 뉴스가 뇌리를 스쳤다. 세상에는 상식을 넘어서는 악마 같은 인간들이 적지 않았다. 설마 아이가 학대당하고 있었던 건 아니겠지? 무명은 높은 아파트를 물끄러미 바라보았다.

무슨 오지랖이람.

잘 알지도 못하는 남의 집 일에 끼어들 이유가 없었다. 게다가 학대인지 아닌지도 분명하지 않은 상황에 무턱대고 신고를 하기도 어려웠다. 그냥 무슨 사정이 있으려니 하며 무명은 반이나 남은 피자를 내려다보았다. 더 먹자니 배가 부르고, 버리자니 아까웠다. 허기가 느껴질 때만 해도 절박하게 갈망했던 것이 이젠 쓰레기로 보였다. 인간의 마음이 이토록 간사했다.

어쩔까 망설이다가 평상이 있는 골목으로 가져가 보기로 했다. 할머니 가게에는 라면과 주먹밥을 순식간에 먹어 치우는 남학생들이 자주 왔다. 할머니가 주먹밥을 덤으로 주었기 때문이다. 그 남학생들이라면 즐겁게 피자를 먹어 치워 줄 것 같았다.

아니나 다를까, 남학생들은 피자를 보자마자 괴성에 가까운 함성을 지르며 달려들었다. 고작 피자에 야단법석을 떠는 모습에 무명은 자신도 모르게 웃고 말았다.

"남의 장사 망치러 왔나 보네."

할머니가 순식간에 비어 버린 피자 상자를 물끄러미 바라보며 무명을 흘겨봤다.

"주문한 사람이 그냥 먹으라고 했는데 양이 많아서."

무명이 어색하게 웃으면서 봐 달라는 표정을 했다.

"공짜 음식이 생겼는데 표정은 왜 그리 죽상이야?"

"마음에 걸리는 일이 있어서."

무명이 일부러 피자를 엉뚱한 곳으로 배달시킨 여자와 비쩍 마른 꼬마 남자애 이야기를 꺼냈다.

"꼬마가 비쩍 말라서 아파 보인다니까 통화하던 여자가 반쯤 혼이 나가더라고. 뭔지는 모르겠지만 사연이 있는 것 같아."

"선글라스 끼고 가끔 찾아오는 아줌마 집안이네."

할머니는 듣자마자 대번에 누구인지 알아차린 모양이었다. 선글라스를 끼고 나타나다니 보기보다 멋쟁이 아줌마인가.

"집안에 사연이 있기는 있지."

서늘한 눈빛을 보니 신수의 기운이 뿜어져 나오기 직전이었다. 무명은 기운을 피하려고 슬그머니 할머니에게서 조금 떨어졌다.

"그 집 꼬마가 시름시름 앓다가 죽은 누나를 못 놓고 있거든."

할머니의 눈이 요사하고도 신령한 빛으로 번득였다.

진묘수의 임무는 산 자가 죽은 자의 안식을 침범하지 못하도록 지키는 것이다. 대개 죽은 자가 한이나 미련을 품어 이승을 떠돈다고 믿지만, 실상은 반대다. 사람은 태어나서부터 차곡차곡 쌓아 온 모든 인연과 욕망을 죽으면서 완전히 끊어 버린다. 이미 죽은 그들은 살아 있는 자들의 세계에 어떤 감흥도 없었다. 오히려 뒤에 살아남은 사람들의 미련이나 한과 그리움이 죽은 자를 이승에 붙들어 놓으면서 완전한 안식에 이르지 못하게 한다. 그래서 진묘수의 임무는 죽은 자가 아닌 산 자의 그리움과 한을 정화하는 거였다.

죽은 누나가 안식하려면 살아 있는 동생이 누나를 마음에서 놓아야 한다. 말이야 쉽지만, 좋든 싫든 깊은 인연으로 맺어졌다가 죽음으로 이별한 사람은 그 자신의 일부가 되어 늘 함께 살아간다. 정화라고 해 봐야 조금씩 덜 생각하고, 덜 그리워하게 되는 거겠지.

"누나는 왜 죽었는데?"

무명의 질문에도 할머니는 대답이 없었다.

"그 집에서 관심 꺼. 너한테 좋을 거 하나 없으니까."

단칼에 썩둑 잘라 내는 것처럼 단호한 말투였다.

"그 집안엔 저승에서 온 몹쓸 것이 들어앉았어. 너, 저승과 엮여서 좋을 일 없을 텐데?"

무명은 저승이라는 말에 자신도 모르게 멈칫했다. 자신을 묘하게 바라보는 할머니의 눈길이 느껴져서 소름이 돋았다. 눈동자가 살짝 드러난 얼굴에서 뿜어져 나오는 신수의 기운은 여전히 기괴했다.

"아니면 너랑 저승이랑 엮인 인연을 내가 풀어 주랴?"

슬쩍 드러난 할머니의 눈동자에서 나오는 빛이 예사롭지 않았다. 그 눈동자에 홀려서 하마터면 고개를 끄덕일 뻔했던 무명은 이상한 일을 조심하라고 했던 외할아버지의 경고가 떠올라서 정신이 번쩍 들었다.

"살아 있는 사람은 언제가 되었든 저승과 엮이기 마련 아냐?"

하마터면 홀릴 뻔했다. 무명은 간담이 서늘해진 채로 말을 얼버무리고 말았다. 할머니는 한참 동안 기괴한 분위기를 풍기며 무명을 바라보다가 과자를 다 먹고 다시 시끄러워지는 남학생들을 피해 구멍가게 안으로 들어가 버렸다.

저승에서 온 몹쓸 것이 집안에 들어앉았다니 무슨 말일까. 앞뒤 맥락 없는 말이 시퍼런 작두처럼 섬찟했다. 그런데 남동생처럼

죽은 자의 영토

누나도 시름시름 앓다가 죽었다는 말이 자꾸 마음에 걸렸다. 할머니에게 캐물어 볼까 싶다가도 '이매망량(魑魅魍魎)을 멀리하라'는 외할아버지의 말이 떠올라서 망설여졌다.

그런 말을 하면서도 정작 할아버지는 이매망량, 온갖 도깨비와 자주 어울렸다. 이상한 차림을 한 사람이 길에서 갑자기 나타나 알은체를 하는가 하면, 등산로가 없는 풀숲에서 누가 다가오기도 했다. 밤이 이슥한 시간에 낚시하는 외할아버지 옆에 있다가 물속에서 사람이 불쑥 올라오는 바람에 기겁한 적도 있다. 그럴 때마다 외할아버지는 무명을 멀리 떨어뜨려 놓고 그 사람들과 쑥덕대며 어울렸다. 그런 후에 돌아와서는 정색하면서 너는 이매망량을 절대 가까이하면 안 된다고 당부했다. 그래야만 살아서도 죽어서도 평범한 사람으로 살아갈 수 있다고 했다.

잠시 한가해진 틈을 타서 휴대폰으로 인터넷에 접속해 평범한 사람들의 삶을 들여다보는 동안 엄마에게서 전화가 왔다.

"염라대왕의 막내아들이 내려와 있단다."

안부를 물을 새도 없이 엄마가 급히 말했다.

무명은 어릴 때 어떤 사람이 할아버지에게 가져왔던 그림을 문득 떠올렸다. 기괴한 그 그림에는 죽은 자의 뼈와 지옥의 유황불로 빚어 만든 저세상의 존재들이 탈것에 올라 떼 지어 몰려가는 모습이 그려져 있었다. 당장이라도 튀어나올 것처럼 생생한 그림이 무서워서 뒤로 물러서는 무명을 외할아버지가 달랬다.

무서워할 것 없다.

외할아버지는 염라대왕의 막내아들이 부리는 수하들을 그린 그림이라고 설명했다. 이들이 제멋대로 데려가는 영혼은 심판도 없이 곧장 지옥의 심연으로 끌려가서 심한 고통을 받는데 염라가 눈치를 채어야 구조될 수 있었다. 그런데 염라가 가끔 아주 오래오래 잊어버리는 영혼도 있다고 했다.

염라의 막내아들은 아버지를 닮아 아주아주 잘생겼으니 혹시나 마주치더라도 무섭진 않단다.

겁에 질린 무명의 기분을 풀어 주려는 것처럼 외할아버지가 말했다. 마치 재미있는 옛이야기를 들려주는 것처럼.

"누구를 끌고 가려고 내려와 있는지, 원."

엄마는 외할아버지가 항시 조심하라고 당부하셨다고 말하곤 전화를 끊었다.

무명은 이미 명부에 없는 사람이니, 지옥에 끌려갈 일은 없다. 외할아버지는 내가 발각될까 봐 걱정하는 것이다. 그런데 망나니 같은 염라의 막내가 왜 지상에 내려왔을까.

문득 저승에서 온 몹쓸 것이 꼬마의 집 안에 들어앉았다던 할머니의 말이 떠올랐다. 혹시 그 몹쓸 것을 잡으러 왔을까?

그런 생각을 하는 동안, 근처 건축 사무실에서 서류를 받아 배달하라는 업무 문자가 도착했다. 배달지가 하필이면 꼬마가 사는 아파트와 같은 동이었다.

오토바이를 경비실 앞에 세우자 화단을 정리하던 수위가 알은척을 했다. 주름진 외모로 보아 족히 일흔은 되어 보였지만, 무명은 그냥 아저씨라고 불렀다.

지금은 먼저 인사를 건넬 정도로 친근하게 대하시지만, 처음엔 오토바이를 타고 다니는 무명을 경계하며 수상쩍은 눈빛을 보냈었다. 여자가 오토바이를 타면 위험하다는 언짢은 말도 수없이 들었다. 그런 말은 음료수를 건네거나 소소한 이야기를 잠시 나누는 일이 잦아지면서부터 줄어들었다. 여전히 오토바이 택배는 여자가

죽은 자의 영토

하기 힘든 일이라고 다른 일을 찾아보라며 잔소리를 하긴 하지만.

무명은 헬멧을 쓴 채로 서둘러서 배달부터 끝냈다. 고층에서 탄 엘리베이터가 꼬마의 집이 있는 5층을 지나는데, 휴대폰 너머에서 들리던 여자의 절박한 혼잣말이 떠올랐다.

*역시 그랬구나, 어떡하지.*

여자는 이미 꼬마가 아파서 바짝 말라 갈 것을 예상했음이 틀림없었다. 어떻게 예상할 수 있었을까.

건강하지 못한 아이의 상태를 잘 알 정도로 가까운 친척인지도 모른다. 그런데 친척이라면 일부러 배달을 시켜서 아이의 상태를 확인할 리가 없다. 갈수록 신경 쓰이는 점이 늘어났다.

"저기, 아저씨. 502호 집 말인데요. 전에 배달하면서 보니깐 애가 좀 이상하던데요."

아저씨는 좀 알지 않을까 해서 무명이 말을 꺼냈다.

"그 집 아들? 많이 아파. 음식을 안 먹는 병에 걸렸다던데. 그 뭐더라. 거식증?"

아저씨가 딱하다는 듯이 혀를 끌끌 찼다.

"일부러 굶기는 건 아니고요?"

아저씨는 전혀 아니라고 했다.

"애 엄마가 천사처럼 착해. 지나가는 걸 보면 아들한테 얼마나 다정한지 몰라."

"애 아빠는요?"

아저씨는 대답하려다가 헛기침하며 슬쩍 딴청을 피웠다. 저만치서 선글라스를 쓴 여자가 걸어오고 있었다. 무명은 여자가 꼬마의 엄마임을 대번에 알아보았다.

할머니가 말했을 때는 의외로 멋쟁이라고만 생각했다. 그런데 곧장 비가 쏟아질 것 같은 날씨에도 선글라스를 쓴 모습이 이상했다.

햇볕을 가리거나 멋을 부리려는 것이 아니라 얼굴을 가리려는 것인가. 피자를 배달하던 날 보았을 때는 얼굴에 특별한 상처나 흉터가 없었는데.

"남편이 어제 술 마셨나 보네."

여자가 아파트 안으로 들어간 후에야 아저씨가 혀를 끌끌 찼다.

"남편이 평소엔 참 괜찮은데 술만 먹으면 영 딴사람이야. 손찌검도 하는지 가끔 얼굴에 멍이 들면 저렇게 선글라스를 쓰고 다녀. 한번은 내가 마음에 걸려서 신고를 했는데, 그런 적 없다고 남편을 편들지 뭐겠어. 사정을 아는 아줌마들은 그냥 헤어지라고 했다는데, 애를 위해서 그럴 수 없다고 했다네?"

아저씨가 딱한 표정이 되었다.

"어릴 때 부모님이 헤어지면서 친척 집을 전전하며 떠돌아서 그런지 애가 있는 이상 이혼은 안 할 생각인가 보더라고. 절대 애들을 안 버릴 거래."

집 안에 들어앉았다는 저승의 못된 것이 뭐기에 사람을 이토록 괴롭히는 걸까.

이매망량이 깃든 일에는 다 연유가 있으니 다른 마음이 일더라도 그냥 지나쳐야 한다. 외할아버지라면 분명히 그렇게 말했을 것이다.

세상일은 눈에 보이는 이치로만 판단할 수 없다. 인간의 눈엔 비정한 일이 세상의 이치로는 다르게 보이기도 한다. 그 반대의 경우도 마찬가지다. 간혹 뉴스를 볼 때면 외할아버지가 초월한 사람처럼 노상 하던 말이었다. 그러나 무명은 세상과 거리를 두고 초연히 살았던 외할아버지와 달랐다. 평범하게 남의 일에 마음이

죽은 자의 영토

쓰이고, 걱정하기도 했다.


"그 아줌마랑 꼬마를 도와줄 방법이 있어?"

다음 날 할머니를 찾아간 무명이 물었다. 할머니는 감았는지
떴는지 구분되지 않는 작은 눈으로 무명을 물끄러미 바라보았다. 그
순간 무명은 질문이 잘못되었음을 깨달았다. 돕는 방식은 사람마다
제각각이다. 누군가는 남편을 감옥에 보내야 한다고 할 것이고, 또
다른 누군가는 모자를 집에서 나오게 해야 한다고 할 것이다. 신령한
존재들의 도움은 그보다 훨씬 폭이 넓고 극단적이기도 했다.

"아줌마가 남편이랑 헤어지고 꼬마랑 같이 살 방법이
있느냐고."

무명이 질문을 고쳐서 다시 물었다.

"그게 네가 생각하는 최선인 모양이지?"

할머니가 딱하다는 투로 말했다.

"딸이 죽을 때도 똑같은 상황이었는데 애 엄마는 떠나지
않았어."

무슨 말인가 해서 무명이 할머니를 바라보았다.

"딸애가 살았을 적에 데리고 떠나라고 그 엄마에게 수없이
말했지. 그런데도 말을 듣지 않았고, 딸애는 내 영토에 묻혔어.
이번이라고 다르진 않을걸."

"다를 수도 있잖아."

무명이 고집스럽게 말했다.

"저승과 엮일 수 있으니 그 집에는 관심 두지 말라고 했지."

할머니는 서늘한 눈빛을 빛내며 말했다.

"끼어들지 마. 걔는 곧 죽을 운명이야. 그래야 내 일도 끝나."

내 일이라는 건 진묘수의 영토에 묻혔다는 누나의 안식을 지키는 것을 가리킬 것이다. 죽어야만 마음에서 놓을 정도로 누나를 향한 꼬마의 정과 그리움이 깊었던 모양이다. 시들어 가는 나무처럼 바싹 말라가면서도 놓지 못한 마음.

*어떡해. 어떡하지.*

휴대폰 너머에서 들리던 목소리가 자신의 마음속에서도 들리는 것 같았다.

"그래도 정 도와주고 싶다면 영 방법이 없는 건 아니지."

생각에 잠겼던 무명은 할머니의 말에 퍼뜩 정신이 들었다.

"나랑 계약 맺을래?"

할머니가 불쑥 내뱉었다.

죽은 자를 위해 산 자를 정화해야만 하는 진묘수는 때로 이승에 오래 머물기 위해 인간과 인연을 맺는 계약을 한다. 계약으로 이어진 인간이 살아 있는 한 진묘수는 자유롭게 이승에서 지낼 수 있었다. 대답을 기다리는 할머니의 눈동자가 마치 무명을 잡아먹기라도 할 것처럼 섬뜩했다. 그 눈 안에 도사린 것은 인간 세상이 아닌 다른 세상에 뿌리를 둔 존재가 뿜어내는 소름 끼치는 마력이었다.

"내가 네 피를 조금만 빨면 되는데."

무명은 순간 뭐에 홀린 듯이 고개를 끄덕일 뻔하다가 퍼뜩 정신을 차렸다.


'이매망량을 멀리해야 해!'


외할아버지의 고함 소리가 들리는 듯했다.
질척거리며 자신을 휘감아 오는 기운을 떨치려고 세차게


죽은 자의 영토

고개를 흔드는 무명을 보며 할머니가 '쯧' 하고 혀를 찼다.

"생각 바뀌면 언제든 말해. 그리고 애 엄마가 선글라스를 썼으니 오늘 저녁에 여기 올 거야. 만나 보고 싶으면 와 보든가."

놓친 먹잇감을 아쉬워하는 것처럼 입맛을 다신 할머니가 말을 툭 던지더니 가게 안으로 들어가 버렸다. 구멍가게의 낡은 미닫이문 너머는 칠흑같이 검고 어두웠다. 가게 안은 대낮에도 늘 어두웠고, 손님은 없었다. 무명은 마치 다른 세계로 빨려 들어가는 것처럼 할머니가 들어가 버린 검은 어둠을 응시했다. 어둠 너머에서 죽은 자들이 배회하는 소리가 들리는 듯했다. 무명은 도망치듯이 자리에서 일어나 오토바이를 타고 골목을 빠져나왔다.

땅거미가 질 무렵에야 배달을 마친 무명은 구멍가게에서 가까운 편의점 앞에 오토바이를 세우고 망설였다. 계약을 맺자며 들러붙는 진묘수의 행동이 영 찜찜했다. 자칫 홀려서 계약을 맺으면 죽을 때까지 진묘수와 함께해야 한다. 사악하고 잡스러운 것이었으면 진즉에 멀리했을 텐데, 신령한 신수니까 헛짓은 안 할 거라 여겨 너무 방심했나 싶기도 했다.

꼬마가 죽어야 자기 일이 끝난다니까 도와줄 생각은 없지 싶은데, 굳이 애 엄마를 만나고 싶으면 오라고 말한 꿍꿍이가 뭔지 의심스럽기도 했다. 그러나 삿된 것들과 달리 신수는 사기를 치거나 거짓말하지 않는다. 그 대신 내력이 깊어 생각이나 의도를 짐작하기 어렵다. 그래서 까다롭고 변덕스러워 보이기도 한다.

구멍가게 앞 평상에 앉아 선글라스를 낀 애 엄마와 꼬마를 푸근하게 대하는 모습이 딱 그래 보였다. 언제는 애가 죽어야 하니 상관하지 말라더니, 지금은 두 사람을 위해 뭐든 해 주고 싶은 것처럼 보인다. 신수 중에서도 변덕이 최고인 듯하다.

"아이고, 저기 왔네."

할머니가 푸근하게 웃으면서 무명에게 가까이 오라고
손짓했다.

"내가 말한 대로 해. 전에도 말했지만, 애랑 멀리 가서 둘이 잘
살면 돼. 이 사람이 자네 같은 사람 도와주는 전문가야."

이상한 말을 술술 늘어놓는 할머니에게 무명이 무슨
수작이냐고 눈짓했다. 할머니는 잔말 말고 같이 장단을 맞추라는
듯한 눈짓으로 답했다.

"아, 네. 안녕하세요. 말씀 들었어요."

떨떠름한 기분으로 애 엄마에게 인사했다. 어색하기 짝이
없었지만, 애 엄마는 그리 신경 쓰지 않는 눈치였다. 조용히 고개
숙여 인사에 답하는 얼굴이 혼이 나간 것처럼 공허해 보였다.

"나중에 가려 하지 말고 지금 바로 떠나. 물건은 그놈 없는
시간에 찾으러 오면 되니까. 그때도 이 사람이 도와줄 거야."

할머니의 말에 비로소 무명은 지금 상황을 파악했다. 할머니는
남편이 찾지 못하도록 모자를 피신시키려 하고 있었다. 무명은 앉아
있을 힘조차 없어 보이는 꼬마를 힐끔 바라보았다. 처음 보았을
때보다 훨씬 더 상태가 좋지 않아 보였다. 이대로 간다면 꼬마도
누나처럼 죽게 될 것이다.

*어떡해. 어떡하지.*

처음 꼬마를 만난 날 들었던 여자의 목소리가 불쑥 들려왔다.

'도와주면 되지.'

그렇게 대답하자 갑자기 무거웠던 마음이 가벼워졌다.

두 사람을 어디로 데려가야 할지는 모른다. 그렇지만 신수가

죽은 자의 영토

나섰으니 길이 열릴 것이다. 무명은 고개를 숙인 채로 잠시 생각에 빠진 아줌마가 결심을 내리기를 기다렸다. 폭력을 저지르는 남편과 살면서 이미 딸을 잃었다. 자식을 생각하는 엄마니까 분명 아들은 지키려 할 것이다.

"갈게요."

아줌마가 결심을 굳힌 얼굴로 고개를 들었다.

"그 전에 잠시 화장실을 다녀와도 되겠지요?"

무명은 다행이라고 생각하며 아줌마가 일어난 자리에 걸터앉았다.

"이제 아빠는 안 무서워해도 돼."

상가 건물 화장실로 서둘러 걸어가는 아줌마의 뒷모습을 보며 무명이 꼬마에게 말했다.

"엄마랑 둘이 살면 마음이 편해져서 입맛도 돌아올 거야. 엄마가 맛있는 것을 잔뜩 만들어 주실 테고."

그 말을 들은 꼬마의 퀭한 눈에 빛이 돌아왔다.

"누나한테 그랬던 것처럼?"

"누나에게 맛있는 음식을 많이 만들어 주셨나 보네?"

꼬마가 고개를 끄덕였다.

"누나가 나는 못 먹게 했어."

*그것을 먹은 누나는 죽을 만큼 아팠지. 그래서 살기 위해 먹지 않았어.*

말소리는 꼬마의 입이 아닌 다른 곳에서 들렸다.

*이제 맛난 음식은 모두 내 차지였어. 그러나 나도 살기 위해 먹지 않았다.*

꼬마에게 이상한 기운이 느껴져서 무명은 자리에서 벌떡

일어났다. 생기 없던 꼬마의 눈에 시퍼런 인광 같은 것이 보였다. 코끝을 스치는 것은 분명히 유황 냄새였다.

*내가 가만있을 성싶으냐.*

꼬마가 섬뜩한 소리를 내며 웃었다.

무명이 놀라 할머니 쪽으로 고개를 돌렸다. 이토록 사악한 것이 어떻게 신령한 신수 가까이에 올 수 있었을까.

할머니는 꼬마에겐 흥미가 없다는 듯이 자리에서 일어나 상가 쪽을 바라보았다. 마침 자동차 한 대가 상가 건물 옆 골목에서 빠져나와 이쪽을 향했다.

"그날과 똑같구나. 똑같아."

할머니가 탄식하듯 중얼거리며 무명을 돌아봤다.

"봐라, 누구를 데려왔는지."

창문이 열린 자동차가 점점 가까워졌고, 무명은 차창 너머로 허연 피부에 붉은 입술이 도드라지는 창백한 남자 운전자의 얼굴을 보았다. 조수석에 앉은 사람은 화장실을 가겠다며 자리를 떴던 아줌마였다.

"타. 집에 가자."

갓만 쓰면 영락없이 저승사자일 것만 같은 남자가 꼬마를 향해 내뱉었다. 아줌마가 아들과 함께 도망치는 대신 남편을 데려온 거였다.

*그래, 집으로 가자.*

꼬마의 목소리라고 할 수 없는 거친 목소리가 낄낄대며 소리쳤다. 그와 함께 믿을 수 없는 일이 벌어졌다. 앉아 있는 것도 힘겨워 보였던 꼬마가 큰 도로 쪽으로 달려 나간 거였다. 뭔가에 씌지 않고서는 이런 일이 있을 수 없었다. 만약 할머니가 말했던

죽은 자의 영토

저승의 못된 것이 꼬마에게 씐 거라면 지금 꼬마는 그것의 집인 저승으로 가는 중이었다.

*어떡해. 어떡하지.*

무명은 꼬마의 뒤를 따라 뛰기 시작했다. 꼬마는 무서운 속도로 달리고 있었다. 성인인 무명이 전력을 다해 뒤쫓는데도 거리가 좁혀지지 않았다. 심지어 꼬마의 부모가 탄 차도 꼬마를 따라잡지 못했다. 골목길이어서 차가 속력을 높일 수 없다고 해도 비정상적인 상황이었다. 오토바이를 탈 걸 그랬다고 후회하는 동안 무명과 꼬마의 격차가 점점 더 벌어졌다. 숨이 가빠서 이제 더 뛰기도 무리였다.

그런데 갑자기 가쁘던 숨이 편안해지더니 힘을 별로 들이지 않는데도 쭉쭉 골목을 달리는 느낌이 들었다. 다리 아래가 묵직해서 내려다보니, 본체로 변한 진묘수가 무명을 등에 태우고 달리고 있었다.

"꼬마에게 씐 것이 꼬마를 저승으로 데려가려는 거지?"

무명이 물었지만, 진묘수는 꼬마 쫓기에 집중해서 그런지 대답하지 않았다.

기이한 속도로 달리던 꼬마는 골목 끝에 나타난 넓은 도로 앞에서 주춤했다. 그 틈에 꼬마의 부모가 꼬마 곁에 차를 세우고 황급히 내렸다. 그러나 꼬마는 차들이 질주하는 도로를 무서워하지 않았다.

*집으로 간다. 집으로 돌아간다.*

부모의 손을 피한 꼬마가 깔깔대고 웃으며 춤을 추듯이 도로를 건너기 시작했다. 무명은 꼬마를 향해 달려오는 트럭을 발견하고 진묘수의 등을 두드렸다.

"저게 뭐든 간에 꼬마는 살려야 해."

다급한 무명의 말에 진묘수가 코웃음을 쳤다.

"꼬마가 죽어야 내 일이 끝나."

거절하는 듯했지만, 진묘수가 걸음을 멈추고 물었다.

"도와줄 테니 나랑 계약하지 않을래?"

트럭이 꼬마를 덮치기 직전이었다. 도로를 선뜻 건너지 못한 꼬마의 부모가 넋 놓고 서 있는 모습이 보였다.

살아서 집으로 돌아가도 변하는 건 하나도 없겠지. 꼬마가 죽는 편이 나은 것은 아닐까.

무명은 마음이 잠시 흔들렸다. 그러나 오만한 생각이었다. 인생의 다음 장을 예측할 수 있는 사람은 없다. 그러니까 죽는 편이 낫다고 확신할 수는 없다.

그러면 나는? 저승의 눈을 피해 도망치는 삶의 다음 장엔 대체 뭐가 쓰여 있을까.

어떡해. 어떡하지.

"결정해."

진묘수가 재촉했다.

그 순간 꼬마를 덮쳐 오는 트럭이 터무니없이 느려졌다. 진묘수가 시간을 벌기 위해 시간 감각을 흩트린 것이다. 감각이 이상해지자 늘 외면하던 것들이 생생하게 보이고 들려왔다.

"좋아."

무명은 이빨로 손톱 옆의 살을 뜯어 냈다. 진묘수가 흐르는 피를 날름 핥았다. 그 순간 다시 시간의 흐름이 정상으로 돌아왔다.

그리고 꼬마를 덮치려던 트럭이 갑자기 방향을 틀더니 꼬마의 부모와 그들의 차를 덮쳤다. 엄청난 소리와 비명이 난무하는

가운데에서 무명은 기이한 굉음 소리를 들었다. 진묘수가 감각을 돌려주었는데도 눈앞의 풍경은 이전으로 돌아오지 않았다.

도로 저편에서 다른 세상의 것들이 떼로 몰려왔다. 유황 연기로 이루어진 얼굴은 형체가 없는 깊은 어둠이었고, 흡사 오토바이처럼 보이는 탈것에서 쏟아져 나온 거대한 굉음이 세상을 뒤덮었다.

그들 앞에 선 꼬마의 눈에서 푸른 안광이 빛났다. 꼬마가 죽은 부모를 가리키자 그것들이 소름 끼치는 소리를 내며 부모의 영혼을 낚아채어 탈것에 매달았다. 꼬마가 그다음 가리킨 것은 무명이었다.

그것들이 유황 냄새를 풍기며 혼이 나갈 정도로 큰 굉음을 울리며 무명의 영혼을 낚아채려고 달려왔다.

**진 차사!**

그때 온 세상을 뒤덮는 울림을 담은 진묘수의 신령한 외침이 들렸다.

진 차사? 외할아버지?

**염라의 아드님은 명을 받드시게!**

저승사자 제복의 소맷자락을 휘휘 날리며 서 있는 외할아버지의 모습과 쩌렁쩌렁 울리는 목소리가 꿈처럼 아득하다가 그립다가 멀어졌다. 무명의 기억에 남은 일은 거기까지였다.


진묘수는 그 후의 일을 자기와 외할아버지가 다 처리했다고 했다.

이승이고 저승이고 가리지 않고 사람의 영혼을 지옥으로 끌고 가는 수하들은 저승으로 돌려보냈고, 꼬마에게 씐 저승의 못된 것도 잘 해결했다고 했다.

"부모가 죽은 후에 꼬마는 어떻게 됐어?"

가장 궁금했던 것을 묻자 진묘수는 차차 알게 될 거라고 했다.

며칠 후, 무명은 떠돌이 생활을 정리하고 진묘수가 지내는 구멍가게 안으로 옮겨 왔다. 시커멓고 어두운 입구와는 달리 실내가 넓어서 둘이 지내기에도 충분했다.

"어디까지가 네가 지키는 무덤이야?"

진묘수가 머무는 곳에 무덤이 없는 걸 이상히 여긴 무명이 물었다.

"온 세상."

의외의 대답이었다.

"살아 있는 자보다 죽어서 묻힌 자가 훨씬 많으니 온 세상이 나의 영토임이 당연하지 않으냐."

당황한 무명을 보며 진묘수가 픽 웃었다.

두 존재의 어색한 동거는 얼마 후 새로운 식구의 등장으로 끝이 났다. 꼬마는 이승과 저승의 경계에 놓인 어두운 입구를 통과해 구멍가게 안으로 불쑥 들어왔다. 여전히 마른 모습이었지만, 그 집에 있을 때보다는 건강해 보였다.

"너 때문에 이렇게 됐잖아."

안광을 번득이던 모습은 온데간데없이, 꼬마가 잔뜩 찌푸린 얼굴로 투덜거렸다.

"배고프니까 밥이나 가져와."

털썩 주저앉아 말하는 태도가 건방지기 짝이 없었다. 그런데 진묘수는 야단을 치는 대신 거하게 상을 차려 왔다.

"저승에서 보내 준 서류야."

게걸스럽게 음식을 먹어 치우던 꼬마가 문득 생각난 것처럼 서류 봉투를 내밀었다.

"나를 모시게 되다니 영광인 줄이나 알아."

고기반찬을 입으로 가져가며 꼬마가 여전히 건방지게 말했다. 무명은 진묘수가 꾹 참는 표정으로 건네준 서류를 받아 훑어보고 아연해졌다. 할머니 진묘수, 손녀 진무명, 손자 진연라의 이름이 적힌 가족관계증명서였다.

"염라의 막내아들이야."

진묘수가 턱 끝으로 꼬마를 가리켰다.

무명은 아버지를 닮아 수려한 외모를 자랑한다던 소문을 떠올리며 비쩍 마른 꼬마의 얼굴을 물끄러미 바라보았다. 얼굴 어디에도 미모라고 할 만한 부분이 없는, 평범한 어린애의 얼굴이었다.

"뭘 그렇게 봐. 다 너 때문에 이렇게 됐잖아. 잠시 벌받아서 근신하려고 인간으로 태어났는데, 이승이 이렇게 힘없고 어린것들을 괴롭히는 시궁창인 줄은 몰랐지. 돌아가는 즉시 수하들을 데리고 내려와서 어린애를 괴롭히는 부모를 모조리 지옥으로 끌고 갈 계획이었는데 네가 끼어드는 바람에."

번득이는 눈에서 숨길 수 없는 분노의 기운이 흘러나왔다.

"진 차사가 저승에서 정한 기대 수명까지 인간으로 살라는 대왕의 명을 가져왔으니 당분간 집으로 돌아갈 수 없게 됐어."

꼬마, 연라가 투덜거렸다.

"인간, 너도 나를 잘 보살펴. 진묘수와 함께 일하는 만큼 사후 노동을 감면받을 거야. 그러니 나를 잘 모시도록 해."

과연 특권층의 아들로 태어나 부족함 없이 자란 도련님다운 태도였다.

"저승 일은 모르겠고."

무명이 퉁명스럽게 말하자 연라가 멈칫하며 눈을 동그랗게 떴다.

"일단 이 서류를 보면 너는 나이 때문에 이승에서 밥벌이가 힘들어. 그러니까 너야말로 우리를 잘 모시도록 해. 아버지가 염라대왕이라고 봐주진 않을 테니까."

무명의 단호한 말에 놀라 눈이 동그래졌던 연라가 갑자기 웃음을 터트렸다.

"우리 아버지는 염라대왕이 아니야."

연라가 한심하다는 듯이 웃어 댔다.

"조금 전에 진묘수가 분명히…."

"엄마야."

웃음기를 거두지 않은 채로 연라가 말했다.

"염라대왕. 우리 엄마라고."

연라가 벌러덩 눕더니 한 손으로 머리를 괴었다.

"어쨌든 네 말도 일리는 있으니 이승에 있는 동안은 잘 모셔 볼게."

반쯤은 빈정거리듯 말한 연라는 반대편으로 몸을 돌리더니 금세 잠들어 버렸다.

"설거지하는 법부터 가르쳐야겠군."

진묘수가 상 위에 어지럽게 놓인 빈 그릇을 치우다가 문득 인상을 찡그렸다.

"누나 꿈을 꾸는구나."

동그랗게 몸을 말고 잠든 연라를 보며 진묘수가 말했다.

"하기야 마음씨가 고운 애였어. 저승의 망나니인 이 녀석이 그리워할 만큼."

진묘수가 팔짱을 끼며 중얼거렸다.

"죽지 않고 자랐다면 좋은 어른이 됐겠지?"

무명은 문득 이 일의 시작이 되었던 피자 배달을 떠올렸다.

*어떡해. 어떡하지.*

절박한 목소리로 꼬마를 돕지 못해 발을 동동거리던 여자가
누구인지 여전히 궁금했다.

"누구였을까."

무명이 중얼거리는 말에 진묘수가 돌아보고는 무심히
대답했다.

"그냥 평범한 사람."

# 달팽이의 뿔

이산화

흑삼릉은 본래 남쪽 사람이다. 가족이 대대로 농사꾼이라 어려서부터 이런저런 밭일을 거들었는데, 체구는 또래보다 작았으나 근골은 튼튼해 퍽 도움이 되었다. 무엇보다도 머리가 명석한 편이라 어머니가 글을 가르치자 자매들과는 달리 금방 서책에 재미를 붙였다. 그중에서도 고금의 성현들이 천지 사방의 요모조모를 기록해 놓은 박물지 종류를 가장 즐겨서 책장이 해지도록 읽고 또 읽으니, 이를 본 어머니는 흑삼릉의 뜻이 밭일에 있지 않음을 진작부터 알았다. 스무 해 뒤 흑삼릉이 북쪽 바닷가로 향하는 철마에 올라타며 작별 인사를 할 적에 어머니가 안타까워하지 않았음은 이 때문이다.

철마가 증기를 내뿜으며 선로를 따라 달리는 동안에도 흑삼릉은 책을 손에서 놓지 않았다. 욕실을 쓰려고 다른 승객들 사이를 꾸역꾸역 비집고 들어가거나 의자 위에 쥐며느리처럼 웅크려서 눈을 붙일 때만이 예외였다. 생전 처음 보는 높다란 산이나 광활한 모래밭이 창밖으로 휙휙 지나가도 흑삼릉의 눈은 오로지 책 속 글자에 못 박혀 있었다. 창밖의 풍경 따위보다 훨씬 넓고 신기한 세계가 그 글자와 글자 사이에 적혀 있음을 의심치 않은 탓이었다.

하지만 사흘을 내리 달린 철마가 대륙 한가운데의 수도에 잠시 멈추어 섰을 때는, 흑삼릉도 고개를 들어 주위를 두리번거릴 수밖에 없었다. 고요한 풍경이 아니라 왁자지껄한 인파가 창밖을 빼곡하게 메우고 있었기 때문이었다. 수도의 인파는 차림새부터 달랐다. 눈이 핑핑 돌아갈 만큼 화려한 깃털 모자를 쓴 사람, 금실 은실로 장식한 향낭을 허리춤에 몇 개나 주렁주렁 매단 사람, 어린아이 키만큼이나 길쭉한 담뱃대를 입에 문 사람 등이 곧 오색 파도처럼 우르르 철마에 밀려들어 왔다. 그러자 기가 눌린 흑삼릉은 고향 집에서 받아 와 여태껏 아껴 가며 주섬주섬 먹던 간식을 품 안으로 슬쩍 감추고, 읽던 책을 치켜들어 얼굴을 가린 뒤 철마가 다시 출발하기만을 하염없이 기다렸다. 귓가에 느닷없는 물음이 들려온 것은 그때였다.

"오호라, 자네 혹시 침어낙안(沉魚落雁)을 하러 가는가?"

그 물음이 자신을 향한 것이라고 깨달은 흑삼릉이 책을 슬며시 내려 보니, 거기에는 반짝반짝 빛나는 크고 까만 눈이 있었다. 자기 쪽으로 대뜸 고개를 들이민, 수도 사람의 눈이었다. 나이는 흑삼릉의 또래쯤 되어 보였지만 훨씬 키가 컸고 팔다리도 길쭉길쭉했으며, 옷은 온통 하늘빛 비단에다가 새까만 머리는 옥비녀로 쪽을 지어서 묶어 올린 채였다. 그 모습을 마주한 흑삼릉이 한층 더 움츠러들자, 수도 사람이 안심시키려는 듯이 미소를 지으며 말을 이었다.

"놀라게 했다면 미안하네. 먼 길을 떠나려던 차에 마침 능엽 선생의 《북해경》(北海經) 표지가 눈에 띄어서, 내 반가움을 참지 못해 그랬지."

"그, 그쪽도 능엽을 읽었나?"

이번에는 흑삼릉이 더듬더듬 물으니, 수도 사람이 글을 읊어서

답을 대신했다.

"북쪽 바다에 물고기가 살아 이름을 곤(鯤)이라 하는데, 그 몸집이 커서 고래의 갑절은 족히 된다. 그것이 변하여 새가 된 것을 붕(鵬)이라고 부른다. 곤은 이목구비가 없기에 평생 바다 밑바닥에서만 살아가나, 붕이 되면 성질이 변해 남쪽으로 떼 지어 날아가려 하는데, 이때 볕이 가려지고 공기가 독해지며 비늘이 우박처럼 떨어져 집을 부수는 탓에 그 피해가 막심하다. 여러 나쁜 것 가운데서 특히 더 나쁜 것을 비유할 때 '천하팔재(天下八災) 중에서도 붕재(鵬災)'라 일컬음은 여기서 유래한 말이다. 그리하여 북쪽 바닷가 사람들은 곤이 붕으로 변해 날아오르기 전에 도로 가라앉히는 일을 대대손손 해 왔으니⋯."

"즉 물고기를 빠뜨린다 하여 침어(沉魚)라고도 부르고, 또 기러기를 떨어뜨린다 하여 낙안(落雁)이라고도 부르는 일이다. 세상에, 수도 사람들은 과연 능엽쯤이야 줄줄 외는구먼."

"그럴 리가 있나! 보통은 거들떠보지도 않는다네. 우리처럼 침어낙안에 뜻을 둔 기운찬 젊은이가 아니고선 말이야."

수도 사람이 크게 웃고서 해 준 말을 듣고서야 흑삼릉은 상대의 목적지가 자신과 같음을 알았다. 지금껏 자신 말고는 능엽을 외는 사람도, 침어낙안을 하려는 사람도 전혀 알지 못했던 흑삼릉의 가슴이 뛰었다. 뒤늦게 반색하며 정중히 예를 표하자 수도 사람이 마찬가지로 하였다.

"나는 흑삼릉이라고 해. 남쪽 시골에서 여태 올라왔지. 저기, 이것도 인연인데⋯."

"도착할 때까지 같이 앉아서 말벗이라도 해 달라는 뜻인가? 나야말로 잘 부탁하네! 봉안람이라고 불러 주게."

이윽고 철마가 다시 출발할 때, 수도 사람 봉안람은 흑삼릉과 마주 보는 자리에 앉아 있었다. 흑삼릉은 일단 들고 있던 책부터 덮어서 곁에 가만히 내려놓았고, 그 동작이 마무리된 뒤에 봉안람이 먼저 입을 열어 대화의 물꼬를 텄다. 두 사람의 첫 만남이 이와 같았다.

*

철마가 종착지에 다다르기까지의 사흘 동안, 흑삼릉과 봉안람은 밤낮없이 여러 이야기를 나누었다. 흑삼릉이 보따리 가득 싸서 가져온 서책의 구절들을 놓고 토론하는 경우가 가장 잦았는데, 보통은 의견이 일치했던 한편 때론 격론이 벌어지기도 했으나 끝에 가서는 매번 웃음으로 마무리되었다. 그러는 가운데 조금씩 서책 바깥의 이야기가 입에 오르기도 했다. 이를테면 식당에서 사 온 술을 나눠 마시다 말고 봉안람이 문득 이렇게 물었을 때처럼.

"흑삼릉 자네는 왜 침어꾼이 되려고 하는가?"

"당연히 큰돈을 벌고 싶어서지. 다른 이유가 무엇이 있겠어."

그리 대답하며 흑삼릉은 능엽이 쓴 구절을 떠올렸다. 곤의 비늘은 금속으로 되어 있으며, 배 속에는 돌 같기도 하고 얼음 같기도 한 덩어리가 가득하다. 비늘을 잘 제련하면 무쇠보다 단단해지고 위석에 불을 붙이면 거세게 오래 타니 그 쓸모를 이루 말할 수 없다. 북쪽 바닷가 사람들은 가라앉힌 곤의 비늘과 위석을 팔아 생업을 하기에 굶주리지 않는다. 두 사람이 지금 타고 있는 철마도 곤의 비늘을 녹여 만들어지고 곤의 위석을 태워 달리는 물건이었다. 이처럼 온 나라가 곤으로부터 나온 것들 없이는

달팽이의 뿔

돌아가지 않으니, 젊은이가 튼튼한 몸뚱이 하나만 가지고서 한몫 크게 잡고자 한다면 침어낙안에 뛰어드는 일이 으뜸이라 할 만했다.

"고향 집에 자매가 여섯이라, 밭에서 난 채소를 팔아서는 입에 겨우 풀칠할 정도거든. 다행히 일손이 부족하지는 않으니 한 사람 정도는 나가서 돈을 벌어 와야지. 곤을 잡아 비늘과 위석을 떼어 팔고서 그 돈을 가지고 고향으로 돌아가면, 단번에 집도 새로 짓고 밭도 넓힐 수 있을 거야."

그리 대답하니 봉안람이 알았다며 고개를 끄덕였다. 이번에는 흑삼릉이 물었다.

"그쪽이야말로 왜 침어꾼이 되려는지 모르겠다니까. 비단옷 차림새만 봐도 돈이 궁한 신세 같지는 않은데. 젊어서 위험천만한 일에 뛰어들어야만 하는 사정이라도 있어?"

"자네 눈에는 내가 도박 빚이라도 지고 팔려 온 사람처럼 보이는 모양이군! 염려 말게, 흑삼릉. 사정이 있기는 하되 그런 흉흉한 사정은 아니야. 긴 이야기가 될 테니 일단 술부터 한잔 받으시게."

이번에는 흑삼릉이 고개를 끄덕였고 봉안람이 입을 열었다. 그렇게 시작된 이야기는 과연 그리 짧지 않았다. 철마가 덜컹거리며 어둠 속을 나아가는 동안 흑삼릉은 봉안람의 말에 조용히 귀를 기울였다.

"3년 전 일일세. 글공부가 영 손에 잡히지를 않아 서문 쪽 시장으로 놀러 나갔는데, 웬 거지 노인이 구석에서 바닥에 뭔가를 계속 썼다가 지우며 횡설수설하는 모습을 보았네. 흥미가 동해 주변 상점에 물어본 바로는 시장통에서 유명한 떠돌이인데, 하루가 멀다고 망조가 다가온다는 이야기만 늘어놓아서 자기네들은 '망조 할배'라고 부른다지 뭔가. 그런데 내가 보기에 그 노인이 바닥에 끼적이던 건 아무래도 광인의 낙서 같지가 않더군. 그건 틀림없는 산술이었어. 도형과 숫자를 그려 놓고서 뭔가를 셈하고 있었다는 말이지.

이건 아무래도 연유가 궁금해질 수밖에 없지 않나? 그래서 냉큼 그 거지를 근처 술집으로 데려간 다음에, 밥과 술을 사 주면서 대체 무슨 셈을 하던 것인지 들려 달라고 청했지. 처음엔 횡설수설이 심해서 알아듣기가 힘들었는데 국밥 한 그릇을 비우고 나니까 말에 조금씩 이치가 생기더군. 그렇게 해서 노인의 본래 이름이 '택사'란 것도, 한때 북쪽 바닷가에서 침어낙안을 했던 사람이란 것도 차례차례 알게 된 거야. 그리고 길바닥에서 셈하던 게 뭔지도. 택사 노인은 기술을 개발하고 있었네. 어마어마하게 큰, 지금껏 나타난 그 어떤 곤보다도 커다란 곤을 잡기 위한 기술을.

처음엔 무슨 황당무계한 소리인가 싶었지. 하지만 택사 노인의 셈법에는 틀림없이 체계가 갖춰져 있었단 말이야. 비록 총기가 완전히 흐려진 탓인지 셈을 제대로 마무리하는 모습은 한 번도 보지 못했지만, 적어도 그의 마음속에 아주 커다란 물고기를 가라앉히겠다는 확고한 목적이 있단 사실만큼은 틀림이 없었어. 한때 침어꾼이었던 사람이 대체 어쩌다가 그런 마음을 품게 된 걸까? 혹여나 그럴 만한 계기가 있었던 게 아닐까? 이러한 생각이 한번 드니 아무리 글공부를 하려 해도 집중이 되질 않더군.

그래서 이후로도 나는 노인을 수십 번이나 더 찾아갔네. 매번 밥과 술을 사 주면서, 노인이 내뱉은 말이란 말은 죄 받아 적었어. 성현들의 글과 대조해 가면서 뜻을 고민하기도 했고, 셈을 나름대로 정리해서 풀어 보기도 했지. 그러다 보니 어느 순간부터 노인이 꿈꾸던 일이 눈앞에 조금씩이나마 그려지지 뭔가. 점점 생생하게,

점점 그럴듯하게…. 하지만 상상 속의 곤을 백만 번 가라앉혔다고 한들, 실제의 곤에게 손가락 하나 대 보지 못한다면 대체 무슨 의미가 있겠나? 그런 생각이 들고 나서부터는 몸을 단련하고 무예를 배웠네. 노인이 그려 놓은 움직임을 실제로 할 수 있게 될 때까지 말이야. 꼬박 한 해를 수련하니 간신히 몸이 생각을 따라오더군.

이쯤이면 알겠지? 이 봉안람은 돈을 원하는 것도 아니고, 명예를 원하는 것도 아니야. 물론 빚에 쫓겨 온 것도 아니고. 나는 단지 직접 시험해 보고 싶어. 택사 노인의 셈이, 그걸 내가 가다듬어 개선한 기술이 정말로 그 어떤 곤보다도 커다란 곤을 가라앉힐 수 있을지를. 그리고 이를 시험할 방법은 오직 하나뿐이지. 이것이 내가 북쪽 바닷가로 향하는 철마에 올라타서 자네 앞자리에 앉게 된 이유야."

이야기를 마치고 봉안람은 잔에 술을 가득 채워서 쭉 들이켰다. 한편 흑삼릉에게는 여전히 의문이 남아 있었다. 너무나 당연한 의문이라서 입 밖에 내기가 조금 꺼려질 정도였지만, 역시 말하지 않고서는 아무래도 견디기가 힘들었다.

"거지 노인이 늘어놓은 말을 제하면, 그렇게 큰 곤이 존재한다는 증거가 있어?"

"그야 물론 없지."

"존재하는지 아닌지도 모르는 짐승을 쓰러뜨리기 위한 기술이라니, 그야말로 옛 성현들이 쓸모없다고 지적한 '용을 죽이는 재주'인 도룡지기(屠龍之技) 그 자체가 아니야? 어찌 그쪽은 도룡지기 따위를 시험하겠다면서 아까운 일생을 바치려 해?"

"그야 정말로 용이 세상에 나타난다면, 그 용을 상대할 수 있는 건 오로지 도룡지기를 배운 사람뿐일 테니까."

봉안람의 상쾌한 대답에 흑삼릉의 얼굴이 귀 끝까지 벌겋게

달아올랐다. 큰돈을 벌어 가족들을 부양하고 싶다는 자신의
세속적인 마음이 창피해진 것은 아니었으나, 눈앞의 또래가 그런
자신으로서는 상상하기조차 힘든 큰 뜻을 품고 있었음을 알고
나니 어쩐지 부끄러워 눈을 마주치기가 힘들었다. 흑삼릉은
명석하였으므로 그것이 동경하는 마음임을 금방 알아챘다. 어릴 적
박물지를 읽으며 넓은 세상 구석구석을 상상할 때 느꼈던 것과 같은
간질간질한 술렁임이, 봉안람의 반짝이는 눈을 바라볼 때도 똑같이
몸을 어루만지고 지나갔기 때문이었다.

*

　　북쪽 바닷가 마을에 당도한 첫날부터 흑삼릉은 많은 것을
배웠다.
　　그중 첫째는 다름 아닌 '튼튼한 몸뚱이만 갖고서는 침어꾼이 될
수 없다'라는 사실이었다. 침어낙안에 쓰는 장비를 갖추는 것부터가
문제였는데, 전부 곤의 비늘과 위석으로 만드는 장비인 까닭에
값이 만만찮은 터라 그러했다. 한몫 잡겠다고 무일푼으로 타지에서
온 젊은이들은 낡은 물건을 빌려 쓰면서 시작부터 빚을 지는 것이
예삿일이었다. 역 앞의 으리으리한 철물점에 갔다가 주인장의
그 말을 듣고 한참 안절부절못한 끝에, 흑삼릉은 결국 현실을
받아들이고 빚 문서에다 지장을 찍으려 했다. 그때였다.
　　"여기서 대체 무얼 하고 있나! 장비라면 내가 자네 것까지
주문해 놓았네!"
　　등 뒤에서 불쑥 나타난 봉안람이 흑삼릉의 팔을 턱 붙잡았다.
그대로 철물점에서 끌려 나올 때까지도 흑삼릉은 여전히 어안이

벙벙한 채였다. 마냥 입만 뻐끔거리고 있으려니 봉안람의 말이
바닷바람을 타고 힘차게 들려왔다.

"자네가 허둥지둥하는 사이에 여기저기 좀 묻고 다녔지.
듣자 하니 부평이라 하는 대장장이가 실력이 특히 빼어나다기에,
한달음에 찾아가서 가장 좋은 걸로 두 사람분 주문하고 오는 길이야.
내친김에 숙소도 같이 빌렸으니 일단 들어가서 여독부터 좀 풀도록
하세."

"뭐라고? 저기, 이렇게 무작정 받을 순 없어. 내 장비는 내가
구해도 돼."

"공짜로 해 주겠단 게 아닐세. 자네한테 맡길 일이 있어서 그래.
바다에 나갈 준비라면 내가 전부 알아서 할 테니, 대신 자네는
택사라는 노인에 대해서 좀 알아다 주지 않겠나? 어떤 사소한
이야기라도 좋으니 샅샅이 좀 부탁하네."

글을 배운 몸으로서 친구가 베푼 은혜를 갚지 않을 수는 없었다.
그리하여 당장 그날부터 흑삼릉은 마을의 객잔이며 요릿집을 돌며
택사라는 사람에 대해 이리저리 수소문하고 다니기 시작했다. 일이
그리 간단치는 않았다. 상대적으로 젊거나 타지에서 온 사람들은
이름조차 들어 본 적이 없는 듯했고, 마을 토박이 주민들은 갑자기
옛날 일을 캐묻고 다니는 외지인을 꺼림칙하게 생각한 탓이었다.
하지만 금속 비늘로 지붕을 엮은 오래된 국수 가게를 하루에도
몇 번씩 드나든 보람이 있어, 흑삼릉은 옛날에 잠시 침어꾼으로
일했다는 어느 나이 지긋한 단골에게서 마침내 택사 노인에 관한
이야기를 전해 들을 수 있었다.

"실력이 대단했지. 우리 중 누구보다도 말이야. 가장 높이
뛰는 건 검실이었고 칼을 잘 쓰는 건 연화였지만, 작살질로 곤을

가라앉히는 건 언제나 택사였거든. 그날도 그래. 평소보다 두 배나 큰 곤이 나타났다고 난리가 난 날이었지. 그런 놈이 붕으로 변하려고 막 솟구치니까 우리는 진작 다 나가떨어졌는데, 택사는 혼자 올라타서 작살을 찌르고선 그대로 그놈한테 딸려 올라갔어….."

커다란 곤은 치솟는 것도 빨랐다. 몸을 부풀려 순식간에 구름 위까지 날아오르자 파도치는 바다에 어둠이 드리우고 짜디짠 비가 쏟아졌다. 모두 끝이라고 생각했다. 곤이 붕으로 변해 버릴 때 함께 하늘로 향한 사람이 살아 돌아온 일은 이전까지 없었다. 하지만 택사는 돌아왔다. 어느 순간부터 그 부력을 잃어 서서히 추락하기 시작한 곤의 등에 작살을 깊이 박아 넣은 채로. 마침내 곤이 바다에 도로 철퍼덕 내려앉았을 때 침어꾼들의 눈에 들어온 광경은, 물이 차오르는데도 아랑곳없이 작살을 꼭 쥐고 주저앉아 그저 수평선만 하염없이 쳐다보는 택사의 모습이었다.

"다들 엉엉 울면서 얼싸안고 환호하는데, 왠지 택사 녀석은 꼼짝도 안 하고 그렇게 앉아만 있는 거야. 처음엔 다들 긴장이 풀려서 얼이 빠졌나 보다고 생각했지. 그런데… 계속 그 상태였어. 뭍으로 데리고 올라온 뒤에도 말이야. 어느 날은 혼자 중얼거리다가 갑자기 '망조가 온다'라면서 비명을 지르는가 하면, 또 어느 날은 망조를 사냥해야 한다면서 혼자 배를 타고 나가려다가 붙잡혀 오기도 했지. 그러다가 어느 날부턴 아예 보이질 않게 됐는데, 바다에 빠졌다고도 하고 마을을 떠났다고도 하더군. 정확히 어떻게 됐는지는 나도 몰라."

"아유, 참 안타까워요. 요새 같은 시절에 택사 할배가 계셨으면 얼마나 좋았을까."

이야기가 마무리되려던 와중에 국수 가게 점원이 불쑥

달팽이의 뿔

끼어들어 입을 열었다. 느닷없는 간섭이었으나 어쩐지 심상찮은 구석이 있었기에, 흑삼릉은 그것도 놓치지 않고 받아 적었으니 곧 이러한 이야기였다.

"두 배나 큰 곤이 그 시절에는 놀랄 일이었지만, 이제는 그쯤이야 툭하면 솟아 나오잖아요. 한 마리에 두셋씩은 달라붙어야 가라앉는 것들뿐이라 바다에 나가는 사람마다 고생이지요. 대체 무슨 재주로 그 커다란 곤을 혼자서 떨어뜨린 건지, 택사 할배가 그 비법이라도 미리 알려 주셨으면 침어낙안이 갑절은 수월하지 않았을까요?"

*

이후로도 흑삼릉은 포목점이나 객잔에서 비슷한 이야기를 여러 차례 주워들었다. *마을 사람이라면 누구든 곤이 과거에 비해 훨씬 커졌음을 의심치 않았고, '고래의 갑절은 족히 된다'라는 능엽의 글을 단지 옛말로만 여겨 코웃음 쳤다.* 그들의 말을 들으며 흑삼릉은 오래된 국수 가게 지붕에 덮인 비늘이 자기 손바닥 둘을 붙인 크기였음을 떠올렸다. 한편 항구에 돌아온 침어꾼들의 손에 들린 비늘은 흑삼릉의 팔뚝보다도 길었으니, 이는 과연 곤이 점점 커지고 있다는 증거라고 여길 만했다. 처음으로 침어낙안에 나서려 배에 올라타던 날에, 흑삼릉은 이 이야기를 봉안람에게 소상히 들려주었다.

"지금이야말로 그쪽의 도롱지기가 빛을 발할 때일지도 몰라. 커다란 곤을 가라앉힐 재주 말이야. 객잔에서 듣기로 그런 재주만 펼칠 수 있다면 큰 재물과 명성도 결코 헛꿈이 아닐 거라더군."

"흑삼릉 이 친구야, 내가 일전에도 말하지 않았던가? 이 봉안람은 기껏해야 고래의 서너 곱절밖에 안 되는 곤을 잡으려고 여기까지 온 것이 아닐세. 물론 오늘 바다에 나온 목적도 재물이나 명성 따위가 아니네. 이놈을 몸소 써 보고자 함이니까."

그렇게 답하면서 봉안람은 등에 가죽끈으로 동여맨 커다란 금속 통을 툭툭 두들겨 보였다. 생김새는 술통 비슷하되 끄트머리에 기다란 무명 줄이 달린 그것은 배의 흔들림에 맞춰 연신 덜그럭 소리를 냈다. 흑삼릉은 물론 돛배에 줄지어 앉은 다른 침어꾼들도 같은 통을 메고 있었으니, 허리춤에 찬 장검이나 어깨에 걸친 작살과 더불어 침어낙안의 필수품이라 부를 만했다. 그중에서도 두 사람이 갖춘 것은 대장장이 부평이 만든 고급품이었다. 그러나 아무리 잘 드는 날붙이라 해도 쓰는 사람이 서툴면 나무 몽둥이보다 무뎌지는 법임을 흑삼릉은 책에서 읽어 모르지 않았다.

솜씨를 시험해 볼 순간은 오래지 않아 찾아왔다. 가장 앞서 나갔던 배가 급히 방향을 틀어 돌아오는 게 보였고, 째지는 나팔 소리가 사방에서 연이어 울려 퍼졌다. 곤이 올라오고 있으니 배를 더 가까이해선 안 된다는 신호였다. 곤이 수면으로 나오면 거센 물결이 일어 돛배 따위는 거뜬히 뒤집히기 일쑤였기에, 침어꾼들은 다른 방법을 써서 곤이 있는 곳까지 다가가야 했다. 등에 멘 통이 바로 그 수단이었다. 멈추어 선 배의 뱃전마다 줄줄이 선 침어꾼들이 하나둘씩 바다로 뛰어내리는가 싶더니, 통에 달린 줄을 힘껏 당기면서 뿜어져 나온 매캐한 증기의 힘에 떠밀려 치솟아 날아갔다. 봉안람도 주저함 없이 뛰었다. 흑삼릉이 머뭇거리다가 그 뒤를 따랐다.

능엽은 곤의 식성에 관해 이렇게 썼다. 곤은 불을 먹으며 배

속에서 쇠를 제련한다. 그 위석은 얼어붙은 불이니 태우면 크게
부풀어 독한 증기가 된다. 곤이 붕으로 변해 날아감은 이를 이용한
것이다. 침어꾼들이 위석을 채운 통에 의지해 날아가는 것도
비슷한 원리였다. 다만 차이는 크기에 있었다. 끈을 이리저리
당겼다 풀었다 하며 어설프게 방향을 잡아 날아가던 흑삼릉이 문득
아래를 내려다보니, 바다 곳곳에서 불쑥불쑥 솟아난 검고 둥근
형체들은 과연 각각이 마치 비늘 덮인 언덕과도 같이 거대했다. 그
위에 두셋씩 착륙을 시작한 침어꾼들은 자연히 사람 정수리 위의
개미처럼 작아 보였다. 흑삼릉 역시 급하게 끈을 풀어서 눈에 띄는
언덕 중 하나로 내려갔다. 침어낙안은 이제부터 시작이었다.

미끄러운 비늘 위에 간신히 착지한 흑삼릉은 자기 다리가
후들후들 떨림을 알았지만, 그래도 배운 대로 허리춤에서 칼부터 빼
들고서 조심스레 언덕 꼭대기를 향했다. 시시각각 불룩하게 부풀어
가는 저 꼭대기까지 가서 작살을 박아 넣는 것이 침어꾼의 임무였다.
작살로 저곳의 위석 주머니에 구멍을 내 증기를 빼내면 곤이 더
떠오르지 못하고 도로 가라앉기 때문이다. 말로는 간단했으나
실상은 위험천만한 일이었으니, 조금 무른 비늘에 발을 디디는 순간
그 사이에서 굼실굼실 기어 나오는 회색 낙지 발 비슷한 것을 보고서
흑삼릉은 이를 여실히 자각하였다.

'개에게 벼룩이 있고 사람에게 이가 있듯이, 곤에게도 빌붙어
사는 벌레가 있어 이것을 철어(轍魚)라 한다. 오냐, 글월로만 읽었던
벌레를 오늘 내 눈으로 직접 보는구나!'

내륙 사람들은 붕재를 걱정하지만 침어꾼들은 철어를 더욱
두려워하는데, 이는 침어꾼들이 다치고 죽는 일의 태반이 철어
때문인 탓이다. 흑삼릉의 발밑에서 나타난 철어 역시 그 악명대로

여러 갈래 촉수 중 하나를 뻗어 두꺼운 가죽옷을 단단히 휘감았다. 그러는 동안 다른 촉수는 마구 휘둘러서 흑삼릉을 두들기려 했다. 촉수에는 주먹만 한 따개비가 다닥다닥 돋아나 있었기에 스치기만 해도 살이 찢길 터였다.

다행히도 그렇게 되기 전에 흑삼릉은 손에 쥔 칼을 힘껏 휘둘러 촉수를 베어 냈지만, 하나를 상대하는 사이에 이미 주변에서는 철어 십수 마리가 더 기어 나와서 발을 뻗는 중이었다. 이래서야 아무리 베고 또 베며 간신히 나아가도 도통 끝이 보이지를 않았다. 언덕 꼭대기 쪽에서 카랑카랑한 외침이 들려온 것은 그때였다.

"거기 느림보야! 철어 잡으러 왔냐, 아니면 산책하러 왔냐? 여유 그만 부리고 퍼뜩 이리 날아오지 못해?"

그 매서운 질책을 듣고서야 겨우 상황을 파악해, 흑삼릉은 통의 끈을 당겨서 언덕 위로 쭉 뛰어올랐다. 거기서는 머리를 여러 갈래로 땋은 침어꾼이 이미 작살을 박아 넣은 채 무서운 얼굴로 후임자를 기다리고 있었다. 정신이 바짝 든 흑삼릉은 어깨에 걸쳐 두었던 작살을 양손으로 단단히 쥐었다. 찌를 곳은 이미 한껏 팽팽해진 비늘 사이의 살가죽이었다. 온 힘을 다해 꽂은 뒤 체중을 실어 더욱 밀어 넣으니, 마침내 바람 빠지는 소리와 함께 구멍에서 독한 증기가 마구 뿜어져 나오기 시작했다. 주머니가 쪼그라들자 곤이 통째로 흔들렸다. 그 진동에 흑삼릉의 목구멍으로부터 탄성이 절로 올라왔다.

"해냈다! 아이고, 내가 드디어 침어낙안을 해냈어!"

"오늘 나온 침어꾼 중에 제일 늦게 해내서 참으로 좋겠다, 이것아! 정신머리가 있으면 늦기 전에 후딱 칼질이나 해!"

땋은 머리 침어꾼이 호통을 쳤다. 손으로는 이미 칼을 쥐고서

큼지막한 비늘을 벗겨 내는 중이었다. 주변을 둘러보면 다른
곤에서는 이미 작업이 한창이었고, 멀찍이 피해 있던 배들도
하나둘씩 다가와 인부들을 내리기 시작했다. 곤이 가라앉기 전에
뭐라도 뜯어내서 육지로 돌아가고자 사방에서 손길이 분주했다.
순간의 희열에서 빠져나온 흑삼릉도 이내 칼을 고쳐 잡고서 그
대열에 합류하였으나, 첫 침어낙안에서 자신이 뒤처져도 한참
뒤처졌음은 누구보다 똑똑히 알았다.

*

　　시간의 흐름이 마치 흰 망아지가 달려가는 것을 문틈으로
내다보는 듯했다. 계절이 바뀌는 동안 흑삼릉은 열 차례가 넘도록
침어낙안에 다녀왔고, 두 번 다쳤으며 다섯 번 엉엉 울었다.
흑삼릉의 눈에서 눈물이 흐른 것은 모두 큰돈을 벌고자 했던
결심이 흔들렸을 때였다. 침어꾼이 되기만 하면 단번에 부자가 되어
어머니와 자매들까지 호강시켜 줄 수 있으리라 막연히 꿈꾸었건만,
막상 일에 뛰어들고 보니 침어낙안으로 한몫 쥐기란 도대체가
요원할 뿐이었다. 비늘 지붕을 두들기는 빗소리가 하숙방에
울리는 가운데 흑삼릉은 번민으로 줄곧 한숨만 내쉬다가, 마음을
다잡고자 오랜만에 낡은 박물지를 펼쳐 보기로 했다. 그러나 아무리
책을 읽어도 눈앞에는 머나먼 땅 대신 지난번의 바다만이 떠오를
따름이었다.
　　바다에서 본 인부들은 하나같이 보물찾기에 잔뼈가 굵었다.
듣기로 대다수는 한때 침어꾼이었다가 은퇴한 자들이라고 했는데,
가라앉아 가는 곤으로부터 돈 되는 부위만 뜯어내 가져가는 데엔

그 어떤 침어꾼도 상대가 되지 않았다. 그들은 어느 부위의 비늘이 가장 비싸게 팔리는지 알았으며 어디를 갈라야 위석이 쏟아져 나오는지도 알았다. 보다 대단한 것은 그들의 칼 솜씨였다. 흑삼릉이 무른 비늘 하나 벗기려 낑낑대는 사이에 인부들은 비늘과 비늘 사이, 힘줄과 힘줄 사이, 뼈와 뼈 사이로 칼을 신묘하게 놀려 단단한 비늘을 몇 장이고 챙겼다. 그 빠르기가 마치 허공에 칼을 휘두르는 듯했다. 그러니 흑삼릉 같은 풋내기는 기껏해야 철어하고나 씨름하다가 값어치 없는 비늘 몇 개, 작은 위석 몇 덩이를 들고 돌아오는 게 고작이었다.

그나마 뭐라도 챙겨 무사히 돌아온 날은 운이 좋은 편이었다. 침어낙안에 나갔다가 험한 꼴 겪기란 저잣거리에 나갔다가 수염 난 사람 마주치기보다도 쉽다고들 하니까. 흑삼릉은 철어의 촉수에 붙잡혀 팔뼈가 빠져 보았는가 하면, 통 속의 위석이 동나는 바람에 비늘 위로 머리부터 떨어져 보기도 했다. 초짜의 실수라면 초짜의 실수였다. 하지만 숙련된 침어꾼과 인부들도 때론 자신보다 더한 꼴을 당한다는 사실이 흑삼릉을 더욱 두렵게 했다.

아직 가라앉을 때가 아니라며 무리하게 위석을 캐다가 불귀의 객이 된 인부는 누구보다 나이가 많고 경험이 풍부한 사람이었다. 흑삼릉을 잘 챙겨 주었던 땋은 머리 침어꾼은 단단한 비늘일수록 철어가 없다고 호언장담하다가 그만 촉수에 목이 휘감겨 절명했다. 북쪽 바다에서 돌아오는 배엔 이처럼 반드시 빈자리가 있었다. 이 마을에서 곤에 대해 누구보다 잘 아는 사람조차 실상은 아무것도 아는 바가 없기 때문이었다.

'하다못해 만인이 성현이라 하는 능엽조차 알지 못한 것이 있었은즉 어쩌랴? 바다는 깊고 곤은 크니 사람이 모르는 것은 실로

많고 많구나!'

읽던 박물지를 탁 덮으며 흑삼릉은 속으로 탄식하였다.
그러고서는 그대로 바닥에 누워 멍하니 친우 봉안람을 떠올렸다.
봉안람도 항상 흑삼릉과 함께 침어낙안에 나갔으나 흑삼릉처럼
크게 다친 적은 없었고, 눈물을 보이는 일도 결코 없이 언제나
기운차게 웃었다. 이는 봉안람이 남들처럼 비늘이나 위석 따위를
가지고 돌아오는 데에 전혀 신경을 쏟지 않은 덕택이었다. 봉안람의
관심사는 예나 지금이나 오로지 도룡지기뿐이었다. 바다에 나갈
때면 무조건 가장 커다란 곤에 착륙해 그 생김새를 살폈으며,
위석 주머니에 구멍을 뚫기 위한 최적의 위치와 각도를 연구했고
그곳까지 가장 빨리 날아갈 경로를 셈했다. 그럴 때마다 한때 광인의
몽상에 불과했던 도룡지기는 점점 더 실질적이고 실용적인 형태를
갖추어 갔다.

"침어낙안을 직접 해 보니 비로소 택사 노인의 산술에 구멍이
많았음을 알았네. 개념은 그럴듯하였으나 현실에 닿아 있지 않았던
탓일세. 터무니없이 부풀려 놓은 숫자를 고치고 나니 비로소 그
진가가 명쾌하게 보이는 듯해. 하지만 커다란 곤을 가라앉힐 방법이
내 손에 들어왔다 한들, 용 잡는 데에 소 잡는 칼을 썼다간 단박에
일을 그르치겠지! 그러니 도룡지기를 완성하려면 용 잡는 칼을 새로
만들어야 할 테야. 자네도 그렇게 생각하지 않나?"

봉안람이 자신을 붙잡고서 이렇게 성과를 자랑할 때면,
흑삼릉은 그 눈의 반짝임을 견디기가 힘들어 매번 머뭇머뭇 고개를
돌렸다. 하지만 봉안람의 빛나는 눈과 호탕한 태도, 품은 뜻을 향해
나아가는 올곧음은 그가 시야에서 사라진 뒤에도 줄곧 뇌리에 남아
어른거리며 흑삼릉의 가슴에 요동을 불러왔다. 기껏해야 어떻게

하면 비늘을 더 빨리 벗겨 낼 수 있을까 정도밖에 고민하지 않는
자신과 비교하지 않으려야 않을 수가 없었다.

물론 흑삼릉에게 비늘 벗기기는 중요한 일이었고, 봉안람과
대화한 날 밤이면 침상에서 부끄러움에 몸부림치다가도 결국엔
비늘 벗기는 법을 생각하다가 잠들었다. 그러나 꿈속에 들어가면
흑삼릉은 종종 봉안람이 되어, 언젠가 친우가 완성할 도룡지기가
어떠한 모습일지를 제 몸으로 미리 상상해 펼쳐 보곤 했다.

*

"흑삼릉, 일어나게! 드디어 완성됐네! 내 자네에게 가장 먼저
보여 주어야겠어!"

요란한 외침과 함께 꼭두새벽부터 들이닥친 봉안람에게 이끌려
하숙방을 나서며, 흑삼릉은 과연 어떤 굉장한 것이 자신을 기다리고
있을지 어렴풋하게나마 짐작하려 애썼다. 그것의 정체가 '용 잡는
칼'임은 틀림없었다. 봉안람이 택사 노인의 셈을 뜯어고친 뒤부터 한
달이 넘도록 오로지 도룡지기에 쓸 새로운 장비를 설계하는 일에만
골몰해 왔음을 안 까닭이었다. 하지만 그것이 대체 어떠한 모습의
장비일지, 제아무리 커다란 곤이라 해도 가라앉힐 수 있으려면
과연 어떤 구조가 되어야 할지에 생각이 미치자 흑삼릉은 아무것도
떠올릴 수가 없었다. 아무튼 대단하긴 정말로 대단하리라는 생각
이외에는.

봉안람이 흑삼릉을 데려간 곳은 부평의 대장간 뒤쪽이었다.
온몸을 갖가지 문신으로 덮은 대장장이 부평은 마을에 발을 들인
그날부터 지금껏 신세를 져 온 인물이기에 흑삼릉도 낯이 익었다.

달팽이의 뿔

그가 얼마나 빼어난 솜씨를 지녔는지도 물론 익히 알았으니, 첫날 맞춘 장비가 아직도 새것과 같고 여태껏 위석 통에 구멍이 나거나 작살이 뚝 부러져 곤란을 겪은 적이 없음은 오로지 부평이 공을 들인 덕택이었다. 무엇보다 부평은 소위 장인이라 불리는 자들이 으레 그러하듯 괴팍한 성정으로 공연히 손님을 면박 주지도 않고, 기분에 따라 장사를 내팽개치지도 않아 흑삼릉이 대하기에 지극히 편했다. 가지각색의 비늘과 만들던 장비가 산더미처럼 쌓인 대장간 뒤뜰에서 과연 대장장이는 손을 흔들며 두 사람을 기쁘게 맞아 주었다.

"여기요, 여기! 가게가 비좁아 내 실례를 무릅쓰고 이쪽에서 보자고 하였소. 주문한 물건이 워낙 묘해서 선반에 통 들어가질 않으니 도리가 있나?"

"묘하다니 그게 무슨 뜻입니까? 상어처럼 가죽을 물어뜯는 칼이라도 만들었단 말입니까, 아니면 물속으로 헤엄쳐 나가는 배라도 만들었단 말입니까?"

"흑삼릉 이 친구도 성질 참 급하군! 조금만 더 기다리게 했다간 제풀에 쓰러질지도 모르겠네. 대장장이는 어디서 무얼 하나? 어서 물건을 보여 주지 않고!"

봉안람의 재촉에 부평이 뜰 한쪽 구석의 잡동사니 무더기 사이에 덮여 있던 천을 걷어 내자, 과연 흑삼릉이 생전 본 적 없는 기이하게 생긴 장치가 그곳에 있었다. 생김새는 화포 비슷했으되 곳곳을 옻칠한 나무와 철판으로 복잡하게 덧대 척 보기에도 견고함이 보통은 아닌 듯했고, 한쪽 끝에는 금속 통이 붙었으며 반대쪽 끝으로는 작살 일곱 개가 튀어나와 있었다. 가죽끈이 달린 걸로 봐서는 등에 메는 물건인 것도 같았으나, 또 청동 손잡이가 달린 것으로 미루어 보면 쏠 때는 손으로 붙잡고 쓰는 듯싶었다. 그렇지만 이런 장비를 대관절 어디에 어떻게 써야 할지 흑삼릉은 도무지 짐작조차 하기 힘들었다. 듣자 하니 물건을 만든 대장장이 본인조차 감상은 크게 다르지 않은 모양이었다.

"만들어 달라니 일단 설계대로 만들어는 주었네만, 대체 이걸로 무얼 할 심산이오? 큰 연장엔 큰 뜻이 깃드는 법이라 설마하니 이걸로 이를 쑤실 작정은 아닐 터인데. 평생을 우물 안에서 산 개구리는 바다에 대해 들어도 알 도리가 없다고들 하나, 그래도 정성 들여 만든 물건은 모두 내 자식이나 마찬가지니 어디 슬쩍 귀띔 정도는 해 주시구려."

"천하에 참으로 비밀이란 없는 법인데 귀띔하고 말고 할 것이 어디에 있나! 자, 속 시원히 말할 터이니 다들 들어 보게. 이놈으로 말할 것 같으면 쉽게 말해서 위석 통에 작살을 일곱 자루 끼운 물건이야. 둘러메고서 끈을 당기면 날아오를 수 있는 것도 위석 통과 다를 바 없지. 하지만 작살 쪽이 아래로 오도록 붙잡고서 끈을 풀었을 땐, 위석이 터지는 힘이 거꾸로 향해서 작살 하나를 힘껏 쏘아 내리꽂도록 되어 있다네. 더욱 교묘한 점은 작살을 쏠 적에 그 반동으로 다음 작살이 제 위치에 걸리게 만들었다는 부분이야. 다시 말해 끈을 일곱 번 풀면 작살이 일곱 번 연달아 꽂히는 셈이지."

"허어, 나야 들어도 잘은 모르겠으나 놀랍기는 틀림없이 놀라워. 과연 이거라면 아무리 커다란 곤이라도 가라앉힐 수 있을 것 같아. 정말로 그러한가, 봉안람?"

흑삼릉의 물음에 봉안람이 가슴을 쭉 펴고 선언하였다.

"아무리 두꺼운 가죽이라 한들 두부처럼 꿰뚫고 들어가, 주머니가 다 부풀기도 전에 큰 구멍을 일곱이나 속히 내니,

이거라면 지금껏 솟아올랐던 가장 커다란 곤보다 무려 일곱 배 큰
놈까지도 너끈히 가라앉힐 수 있다네! 그쯤은 되어야 도룡지기를
완성했노라고 자부할 수 있지 않겠나? 일곱 구멍을 뚫어서 용을
죽인다 하여, 내 오늘부터는 이 물건을 도룡칠규(屠龍七竅)라 불러야
마땅하겠어!"

그리 선언하는 봉안람의 눈동자는 과연 전에 없이 빛나고
있었으니, 하숙방을 나서던 순간부터 흑삼릉이 내심 기대했던
그대로였다. 범인은 감히 상상조차 하지 못할 웅대한 꿈을 수년간
품어 마침내 손에 잡히도록 지어 낸 사람이 어찌 찬란하지 않을
수 있겠는가? 흑삼릉은 자신에게 그와 같은 빛이 없음을 안타까이
여겼으나 결코 친우의 빛을 질투하거나 깎아내리지는 않았다. 그저
봉안람의 꿈이 이뤄진 것을 제 일처럼 기뻐하며 대단하다고 한껏
추어올려 주었다. 하지만 그러는 가운데 흑삼릉은 문득, 자신이
마음속 깊은 곳에서 줄곧 이렇게 혼잣말하고 있었음을 깨닫고 그
연유를 의아해하는 것이었다.

'가장 커다란 곤의 일곱 배라, 무려 일곱 배라….'

*

마침내 완성에 이르렀음에도 도룡칠규는 한동안 대장간 창고
속에 고이 잠들어 있었으니, 천하가 고요하면 칼이 녹슬고 활시위가
느슨해짐이 이와 같았다. 하물며 옛 성현들의 말처럼 도룡의 재주란
본래 쓸모가 없는 것이 그 성질이니 더욱 그러했다. 그러나 고요
속에서 때가 시시각각 다가옴은 흑삼릉도 또렷이 느낄 수 있었다.

침어낙안을 처음 시작했을 땐 곤 하나마다 침어꾼이 두셋쯤

달라붙으면 가라앉히기에 부족함이 없었으나, 근래 들어서는 셋이 작살질을 마쳤는데도 치솟기를 멈추지 않아 급히 하나가 더 올라타는 일이 심심찮게 생겼다. 그런 곤은 가죽도 두꺼워서 작살이 구부러지도록 밀어 넣어야 간신히 뚫렸기에 그 수고가 이만저만이 아니었다. 덕분에 녹초가 되어 뭍으로 돌아온 이튿날이면 봉안람은 반드시 창고로 가서 도룡칠규에 기름칠을 새로 했고 흑삼릉도 매번 이를 거들었다. 그 마음가짐이 마치 용을 부르는 제사와도 같았다.

제사가 하늘에 닿았는가 아니면 천지 만물의 섭리가 그러하였는가, 어느 초겨울 아침에 두 사람은 드디어 기다리고 기다리던 소식을 듣고 한달음에 거리로 뛰어나왔다. 쪽배며 등대에서 쉼 없이 불어 대는 나팔 소리에 온 마을이 이미 난리였다. 허둥지둥 가게 문을 걸어 잠그던 국수 가게 점원이 흑삼릉을 보고 심히 염려하며 말했다.

"도망쳐요, 도망쳐. 여태껏 나온 적 없는 커다란 곤이 올라온답니다. 해일이 덮치고 붕이 날아오면 이 마을은 삽시간에 쑥대밭이 될 거예요."

"침어꾼이 도망치면 누가 붕재를 막는답니까? 아니, 그보다 대체 얼마나 큰 곤이기에 이러시는지?"

"그것이 고작 두세 배 큰 정도가 아니라니까요. 여태껏 나온 가장 큰 놈의 일곱 배는 족히 된대요. 침어꾼 몇이 배를 타고 나가 본다고는 하나, 사람이 당최 무슨 재주로 그런 곤을 가라앉히나요?"

점원의 그 말이 나오기가 무섭게 흑삼릉과 봉안람은 항구 쪽으로 내달렸다. 가는 길목의 대장간 앞에는 이미 부평이 도룡칠규를 들고나와 기다리는 중이었다. 둘이 함께 그 큼지막한 장비를 짊어지고 달리니 대피하던 사람들이 죄다 한 번씩 힐끔힐끔 쳐다보았다. 항구에 도착해 하나뿐인 배에 올라탔을 때도 마찬가지였다. 출발하기도 전이었건만 돛배에는 이미 빈자리가 적잖았고, 한 줌밖에 되지 않는 침어꾼들은 봉안람이 둘러메는 물건이 무엇일지를 두고 저마다 수군거렸다. 그런 수군거림엔 아랑곳없이 봉안람은 당당히 흑삼릉의 건너편 자리에 걸터앉아 웃으며 말했다.

"긴장할 것 하나 없네. 내 자네에게 다시없을 구경거리를 보여 줄 터이니, 바라건대 눈만 크게 뜨고 있게!"

그러나 바다로 나간 돛배 위에서 거대한 곤의 모습을 처음으로 눈에 담은 순간, 흑삼릉은 아무래도 긴장하지 않을 도리가 없었다. 굳이 선봉으로 나간 배가 경고해 줄 것도 없이 곤은 이미 수평선을 가리며 떡하니 자리해 있었다. 그 형상은 마치 바다 한가운데에 둥근 태산이 솟아난 듯했고, 몸을 빽빽이 덮은 금속 비늘의 짤그랑짤그랑 소리는 백만 대군이 창칼을 맞부딪치며 싸우는 듯했다. 무엇보다 두려운 것은 그것이 예상보다 빨리 붕으로 화하려 한다는 사실이었다. 몸집이 클수록 위석 주머니도 크기 때문인지 수면으로부터 떠오르는 기세가 심상찮아, 키잡이가 배를 세웠을 땐 이미 이목구비 없는 덩어리 전체가 바다로부터 빠져나올 태세였다.

실로 까마득하기 그지없는 광경에 침어꾼들은 뱃전에서 뛰어내리길 주저했으니, 붕이 되어 버리기 직전의 곤에 섣불리 올라탔다가 제때 내리지 못한다면 절명할 것이 틀림없다고 여긴 탓이었다. 당장이라도 배를 돌려 마을로 돌아가자고까지 말한 자도 있었다. 그러나 봉안람은 달랐다. 흑삼릉이 지켜보는 가운데 그는 조금의 두려움조차 없이 일어나 바다로 몸을 던졌고, 도룡칠규가 세차게 뿜어낸 매운 증기와 굉음이 이를 뒤따랐다. 육중한 철벽의 꼭대기를 향해 봉안람과 도룡칠규는 그저 까마득히 날아올랐다. 흑삼릉의 심장이 세 번 뛰기도 전에 그 모습은 이미 누구에게도 보이지 않게 되었다. 그리고 심장이 네 번째 뛰었을 때, 흑삼릉은 자기 몸이 저절로 일어서고 있음을 깨달았다.

파도에서 튀어 오르는 물방울이 얼음 조각처럼 가슴팍을 우수수 때려 댔다. 끈을 당기는 순간부터 불어온 거센 맞바람에 살갗이 타 버릴 것만 같았다. 그러나 흑삼릉은 멈추지도 갈팡질팡하지도 않고 단호히 방향을 잡아 속도를 냈다. 비늘 사이로 천 갈래 폭포처럼 쏟아지는 바닷물의 흐름을 거슬러, 반쯤 감은 눈 사이로 새어 들어오는 햇살의 미약한 빛을 좇았다. 아래에서 울려 퍼지는 거센 빗소리로 짐작하건대 이미 곤은 바다로부터 완전히 몸을 들어 올린 듯했다. 그러나 짐작조차 할 수 없는 곳에서 들려온 희미한 폭음은 그보다도 빨리 흑삼릉을 하늘로 끌어 올렸다. 먹구름보다 높은 허공의 별천지에 다다르도록, 그것이 신선처럼 노닐고자 함은 아닐지라도.

*

"봉안람! 봉안람, 어디야! 나도 왔어! 나도, 이 흑삼릉도 여기에….'

마침내 끈을 놓고서 곤의 꼭대기에 발을 디딘 순간, 공교롭게도 흑삼릉은 자신의 눈에 비친 광경이 그림 속 선계와 퍽 다르지 않다고 느꼈다. 비록 금빛 복숭아나 수금 켜는 토끼는 없었으되 신선만큼은 틀림없이 안개를 가르며 춤추고 있던 탓이었다. 조금만 걸음을 옮기려 해도 금방 숨이 차 헐떡이게 되는 차디찬 바람 속에서,

달팽이의 뿔

봉안람은 장검을 들고 우아하게 몸을 돌려 철어 무리를 베어 내더니 메고 있던 도룡칠규를 바닥에 꽂아 그대로 작살을 쿵 쏘았다. 팽팽하게 부풀었던 곤의 주머니 하나가 이내 증기를 뱉으며 말린 대추처럼 서서히 쪼그라들었다.

뒤이어 천둥처럼 울린 것은 흑삼릉이 올라오며 들은 바로 그 폭음이었으니, 곧 봉안람이 도룡칠규를 도로 메고서 펄쩍 뛰는 소리였다. 철어들이 뻗은 촉수를 피해 가뿐히 날아오른 봉안람은 다른 주머니 근처에 착지해서 재차 칼을 놀리고 작살을 꽂았다. 여전히 곤의 승천은 멈추지 않았으나 그 속도는 과연 작살 하나마다 조금씩이나마 느려지는 듯했다. 하나, 그리고 또 하나, 천둥이 치고 칼날이 번쩍이니 번개가 사람이라면 이와 같으랴. 봉안람이 장담한 바처럼 실로 다시없을 구경거리라 흑삼릉은 단지 제자리에서 이를 빠짐없이 눈에 담고자 했다. 또 하나, 또 하나, 그렇게 도룡칠규에 작살 하나만을 남긴 봉안람이 재차 도약할 때까지도.

그러나 태양에 닿을 듯 힘차게 뛰어오른 봉안람이 마지막 과녁 근방에 떨어졌을 때, 그 다리는 어째서인지 몸을 지탱하지 못하고 후들거리기만 했다. 손아귀에도 힘이 풀렸는지 칼이 병든 풀잎처럼 축 늘어졌다. 신선을 연상시키던 몸놀림은 온데간데없이 멍하니 서서 고개만 좌우로 돌리기를 잠시, 이윽고 안개 속에 그만 주저앉아 버리는 게 아닌가? 이를 본 흑삼릉의 가슴도 함께 덜컹 내려앉았다. 호흡이 다하였는가, 아니면 근골이 쇠하였는가! 어찌 철어들이 스멀스멀 고개를 내미는데도 손가락 하나 까딱하지 않고 눈길 하나 주지 않는가! 발을 동동 구르던 흑삼릉은 이내 마음을 굳히고 칼을 빼 들었다. 통에 남은 위석이 그 몸을 대포알처럼 쏘아 날렸다.

"오장육부도 없는 미물들아! 내 친우를 해하려거든 어디 나부터 쓰러뜨려 보아라!"

　날아가는 기세 그대로 철어 둘을 찢어발긴 뒤에야 흑삼릉은
데구루루 구르듯 바닥에 내려앉았다. 즉시 몸을 일으켜 검을
휘두르니 촉수가 동강 나서 사방으로 흩날렸고, 다시 위석을
터뜨려 돌진하자 남은 철어들도 추풍낙엽처럼 베여 나갔다.
거기에 신선과도 같은 우아함은 전혀 없었으되 눈과 몸놀림에
서린 귀기만큼은 실로 용장에 비길 만했다. 그렇게 종횡무진으로
날고뛰며 철어 무리를 일소하고서 보니 봉안람은 다행히 크게
다치지 않았고 호흡하는 기색도 있었으나, 여전히 주저앉아
움직이지 않음은 매한가지였다. 찰나의 고민 끝에 흑삼릉은 그 굳어
버린 등짝으로부터 도룡칠규를 벗겨 내 손에 들었다.

　쓰는 법이라면 익히 들어 알았다. 하지만 지금은 아무 데나
작살을 꽂아서 될 상황이 아니었다. 시간을 지체하는 사이에 곤이
벌써 드높이 올라왔으니, 위석 주머니를 아예 찢어 버릴 만큼 큰
구멍이 아니면 놈은 지느러미를 펼치고 겨울바람에 몸을 맡겨서
곧장 날짐승으로 화해 버릴 터였다. 자신이 쏠 작살 한 발에 여럿의
명줄이 달려 있음을 알고 흑삼릉은 눈을 질끈 감았다. 능엽이 곤의
몸에 관하여 적은 구절 하나하나가 머릿속을 어지러이 지나갔다.
잔뼈가 굵은 인부들이 칼질 몇 번만으로 비늘을 떼어 내 가져가던
광경도 함께 떠올랐다. 그러다가 가죽에서 가장 약한 곳을 꿰뚫음에
있어 양쪽의 이치가 절묘하게 닿는다고 느끼는 순간에, 이미
흑삼릉은 도룡칠규의 끈을 풀고 있었다.

　다음 찰나 구멍을 찢으며 뿜어 나온 증기의 거셈이 전에 본
바 없었기에, 흑삼릉은 날래게 몸을 날려 피하는 와중에도 자신이
성공하였음을 깨달았다. 오래지 않아 바람의 방향이 바뀜은 곤이

떠오르던 걸 멈추고 서서히 내려가기 시작했다는 의미였다. 그때야 비로소 긴장을 놓고 도롱칠규를 떨군 흑삼릉의 발걸음이 봉안람을 향했다. 몸을 둥글게 하고 땅바닥을 쳐다보며 바들바들 떨기만 하는 불쌍한 친우에게 기쁜 소식을 가장 먼저 전하고자 함이었다.

"해냈어, 봉안람. 도롱지기가 성공했다고. 인제 그만 일어나서 이 광경을 좀 봐…."

"보면 안 되네!"

봉안람이 별안간 그렇게 외치며 흑삼릉의 옷깃을 잡아 끌어당겼다. 그 목소리와 움직임이 마치 우물에 빠지려는 어린아이를 다급히 잡아챌 때와 같았다. 무서운 힘으로 자신을 계속 잡아당겨 안으려 하는 봉안람에게 의아해진 흑삼릉이 물었다.

"무얼 보면 안 된단 말이야? 이렇게 큰 곤을 제힘으로 가라앉혀 놓고는 대체 무엇이 그리 두려워?"

"흑삼릉 자네는 알아선 안 되네. 자네만큼은 절대로 알지 못하게 하겠네. 그러니 서 있지 말고 더 가까이 오게, 응? 나하고 더 가까이 붙어 있으란 말이야."

친우의 울먹임에 마음이 약해진 흑삼릉이 고개를 갸웃하면서도 제 앞에 주저앉자, 봉안람은 그 머리를 가슴께에 단단히 붙잡아서 고개를 돌리지 못하게 하고서는 아까처럼 연신 떨기만 했다. 크게 뜨인 눈 안에는 이제 광채라곤 하나도 없는 것이 죽은 생선의 눈알이나 마찬가지였다. 한편 입술 사이로는 계속 똑같은 중얼거림이 되풀이되어 나왔으니 내용이 이와 같았다.

"아래를 내려다보지 말게, 바다를 내려다보지 말게, 택사 노인이 본 것을 자네는 결코 보면 안 되네…."

봉안람이 말하고자 하는 바를 흑삼릉은 알 도리가 없었다.

도룡의 재주가 통해 거대한 곤이 순조로이 가라앉고 있는데, 지금 바다를 내려다본다 한들 대체 무엇이 바뀐단 말인가? 아무리 머리를 써도 전혀 짐작이 가질 않아 흑삼릉은 곧 생각을 포기하고선, 오로지 봉안람을 꼭 안은 채 곤이 다 떨어질 때까지 함께 앉아 있기로 하였다. 그것만큼은 자기가 틀림없이 할 수 있는 일임을 알았기 때문이었다. 친우의 몸을 몸으로 지탱하며 고개를 숙이니 들려오는 것은 중얼거림이오, 보이는 것은 바닥이었다. 워낙 큰 곤이라 비늘 하나가 돗자리만 하여 흑삼릉의 눈에 비친 세상이 온통 검고 누렇고 넓고 거칠기만 했다.

다만 그 비늘 위에서 꿈틀거리는 회색 덩어리가 하나 있었다. 보아하니 흑삼릉이 베어 낸 철어의 촉수 토막 하나에 아직도 생기가 다하지 않은 듯하였다. 토막에는 주먹만 한 따개비가 하나 달려 있었기에 비늘에 스치면 작게 덜그럭 소리가 났는데, 그때마다 따개비 끄트머리에 이상하게 굼실거리는 움직임이 보여 흑삼릉의 시선이 문득 거기에 가닿았다. 자세히 보니 굼실거리는 것은 따개비가 아니라 그 주둥이 언저리에 빌붙어 살아가는 새끼손톱만 한 달팽이였다. 껍질은 투명하고 몸은 우유처럼 뿌연 것이 얼핏 보면 탁한 물방울이 묻은 것으로밖에 보이지 않아 흑삼릉은 기이하게 여기고 눈을 떼지 못했다.

그러나 더욱 기이한 것은 그 달팽이의 뿔에 있었다. 둥그런 머리 위로 튀어나온 두 자루의 뿔 끝에는 모래처럼 자글자글한 덩어리가 하나씩 붙어 있었으니, 뿔이 쑥 들어가면 와르르 흩어졌다가 올라오면 어느새 다시 모여드는 것이 아닌가! 흑삼릉은 그 덩어리의 정체가 실은 아주 자잘한 게를 닮은 벌레들이 모인 것임을 곧 깨달았다. 즉 하나하나가 먼지만큼이나 작아 눈에 제대로

보이지조차 않는 미물들이, 곤의 비늘 틈에 사는 철어의 몸에 붙은
따개비의 주둥이에 둥지를 튼 달팽이의 뿔 위에서, 자기들이 구름
속에 있는지 바다 위에 있는지조차 알지 못한 채 계속 바글바글
무리 지었다가 도망쳤다가 하는 것이었다. 귀신에 홀린 사람처럼 그
모습을 한없이 응시하고 또 응시하던 흑삼릉이, 불현듯 깨우치는
바가 있어 속으로 가만히 혼잣말했다.

'가장 커다란 곤의 일곱 배라. 저 작은 달팽이조차도 그 뿔에
빌붙은 게의 일곱 배보다는 훨씬 클 터인데, 고작 일곱 배라….'

그러고서 흑삼릉은 날마다 점점 더 커다란 곤들이 도망치듯
떠오르는 까닭을 생각했고, 또 택사 노인이 원래는 얼마나 큰
곤을 가라앉히려 도룡지기를 셈하기 시작했을지를 생각했다.
이제는 도로 아득히 멀어져 버린 저 하늘에서 아래를 내려다본
순간 택사 노인이, 그리고 봉안람이 대체 무엇을 눈에 담고
말았을지를 생각했다. 흑삼릉은 그것을 직접 본 일이 없었으니
마음속에 상상으로나마 그려 볼 수도 없었다. 그러나 흑삼릉은
명석하였으므로, 자신이 달팽이의 뿔을 보는 대신에 그것을 직접
보았더라면 대체 어떻게 되었을지만큼은 넉넉히 상상할 수 있었다.

마침내 곤이 북쪽 바다에 내려앉았을 때 흑삼릉이 다시 물었다.

"봉안람, 그건 대체 얼마나 컸어?"

대답은 없었다. 봉안람은 바다를, 아득히 멀리까지 뻗은
수평선을 줄곧 바라보기만 하였다.

작가의 말

# 산군의 계절
## 김보영



《삼국사기》를 좋아하며, 그중 고구려사, 그중 앞부분을
좋아한다. 물론 김진 선생님의《바람의 나라》의 영향이다. 아직
나라에 유교도 불교도 없었고, 아직 왕권이 공고하지 않았고, 신화가
역사와 구분되지 않았던 때, 사료는 있으나 부족하여 창작으로 많이
각색되지 않았기에, 역설적으로 빈 행간을 내 멋대로 상상할 수
있어서다.

우왕후와 후녀는 내가 오래 좋아해 온 인물 중 둘이다. 이번에
좋은 기획이 있어 그들에게 작은 형태로나마 생명을 주어 보고
싶었다. 나름대로는 백호를 제외하면 역사에 충실하고자 했다.
물론 기록에 남은 것은 행동뿐이라, 우왕후와 후녀가 왜 그런 일을
했는지에 대한 해석은 모두 상상이다. 연나부가 왕비부였음은
기록에 있으나 모계라는 해석 역시 상상이다.

고구려 7대 왕 차대왕을 끌어내리고 8대 신대왕을 옹립한
명림답부도 연나부 사람이었다. 대무신왕의 아들 모본왕이 퇴출된
뒤 왕위에 오른 6대 태조왕은 7세의 어린 나이에 즉위하여 태후가

수렴청정을 했는데, 연나부가 왕비부였음을 생각하면 그때도 연나부가 나라를 다스렸다고 보아도 좋을 것이다. 이때 기록을 보면 이상한 점이 많다. 아버지인 재사가 나이가 많아 아들이 왕위에 올랐다고 하는데, 장자가 7세였다면 아버지의 나이가 그렇게까지 많았을 리 없고, 아버지가 멀쩡히 살아 있는데 아이를 왕위에 올려 어머니가 수렴청정을 하는 것도 상식에 맞지 않다. 이때도 왕가가 왕비가에 정치적으로 밀려났으리라고 상상해 볼 수 있겠다. 가부장적인 기준으로 보면 불경하지만 현대적인 기준으로 보면 훌륭한 정당정치다.

더해서 왕비가로 대변되는 여성의 인권이 유교나 불교가 유입된 후대보다도, 같은 시기의 주변국보다도 높았으리라 상상해 볼 수 있다.《삼국지》〈위서〉동이전에 의하면 고구려는 데릴사위제였으며 남녀 구분 없이 함께 공부하며 활을 쏘고, 밤마다 무리 지어 노래하고 춤추고 놀다가 눈이 맞으면 바로 혼인했다고 한다. 또한 장유와 남녀의 구별이 없다고 기록되어 있으니, 이 시기는 사람들의 사고방식이나 문화는 도리어 현대적이면서 신화가 일상에 공존하는 때다. 어찌 좋지 않으랴.

밀우(密友)는 후녀의 아들 동천왕이 위나라 관구검에게 쫓길 때 홀로 추격대를 막은 장수다. 밀우는 부상을 입고 기절한 채로 왕의 무릎을 베고 누워 있다가, 왕이 자기 살을 잘라 먹이자 깨어났다는 전설이 있는데, '이게 사람인가?' 싶어 호랑이로 상상해 보았다.

이수현 작가님께서 이전에 말씀해 주시기를, 한국은 호랑이가 너무나 많았기에, 주변 나라와 달리 요괴나 신령한 생물 전설이 호랑이 전설에 묻혀 발달하지 않았다고 한다. 웬만한 사건 사고와 기현상을 호랑이가 일으켰고, 어디서 괴물을 만나도 백이면 백

호랑이였기 때문에. 오죽하면 조선인은 1년 중 반은 호랑이를 사냥하고 반은 호랑이에게 사냥 당하며 산다고 했을까. 그 많던 한국의 호랑이는 일제 시대에 사멸했지만, 그 혼은 고양이에게 안착해 우리와 함께 사는 것이 아닐까 간혹 상상한다. 강하고 용맹하고 날쌔며, 영리하고 사랑스러운 존재로.

용아화생기(龍芽化生記)

이수현

이 소설은 다음의 몇 줄에서 나왔다.

"하늘과 땅은 어질지 않아서 만물을 풀강아지처럼 여긴다."
—노자,《도덕경》5장

"의식은 진화적 적응성이 있기 때문에 존재한다고 여겨져
왔다. 의식이라는 경이로운 경험을 함으로써, 우리는 자신이
사랑하는 것을 계속 사랑하고 거기에 투자하고 싶어지도록 강하게
동기부여가 되기 때문이라는 것이다."
—캐스파 헨더슨,《상상하기 어려운 존재에 관한 책》, 이한음
옮김, 은행나무.

"의식의 획득은 그 의식을 가진 개체에 직접적으로 진화적
적응도를 부여하거나 적응도를 높여 주는 다른 속성에 대해 어떤
기초를 제공한다는 함축이 이 가설에 들어 있다."

작가의 말

—제럴드 에델만,《신경과학과 마음의 세계》, 황희숙 옮김,
범양사.


소설의 배경은 19세기 말을 기초로 했다. 엘니뇨가 극성을
부리며 아시아 전역에서 대가뭄과 기근이 발생했으면서 기계와
총기류는 존재했던 시기다. 소설 속에서 잠깐 언급되는 '남쪽에서 온
난민 군대'는 동학혁명을 암시한다. 그러나 역사가 핵심인 이야기는
아니며, 가뭄으로 농업이 치명적인 타격을 입는 일은 현대에도
일어나고 미래에는 더 많이 일어날 것이라 생각하기에 모호하게
처리했다.


*


괴력난신이라고 묶을 수 있는 비인간 존재를 언제나 좋아했다.
특히 동양의 신수는 짐승이지만 신이라는 점에서 서양의 상상
동물과 다른 매력이 있다. 서구 문화에서 신은 인간보다 위에 있고,
짐승은 인간보다 아래에 있으나, 동양 전통의 신수는 신이면서
동시에 짐승인 까닭에 그런 상하 개념을 깨뜨리기 때문이다. 그
모순을 사랑한다.


이번에도 내가 좋아하는 소재로, 좋아하는 작가님들이 쓴
글을 만날 수 있어서 즐거웠다. 작품 하나하나도 좋지만, 신수에
대한 생각이 어떻게 비슷하고 다른지 알 수 있는 것이 앤솔로지의
매력이다. 재미있고 아름다운 글을 써 주신 네 분께 깊이
감사드리고, 함께 작업한 이은진 피디님께도 고마움을 전한다.

사실 지면만 있다면야 괴력난신 계통을 원래 잘 쓰시는 작가님들, 한 번도 안 써서 오히려 궁금한 작가님들까지 섭외하고 싶은 목록이 끝이 없는데! 이 책이 잘 팔려서 신수 시리즈를 계속 낼 수 있으면 참 좋겠다는 꿈도 한번 꿔 보련다.

맥의 배를 가르면

위래

2008년쯤에 쓴 엽편이 있었다. 이 엽편은 이 소설의 특징인 2인칭 서술의 근거가 되었다. 이 엽편은 '자살하는 도플갱어'라는 가제(이를 통해 내용은 충분히 유추가 될 것이다)를 가지고 있었고 몇 번인가 다시 쓰였지만 만족스럽지 않아 지금까지 공개된 적이 없다.

당연히 새로운 부분도 있다. 이를테면 상고시대 이전의 꿈과 그러한 꿈을 먹고 현실을 만들어 낸 맥에 대한 이야기다. 이 음모론은 상당히 웃기기 때문에(웃지 않았다면 유감이다) 우울한 습작과 자연스럽게 연결하는 작업이 필요했다. 다 읽고 뭔가 이상하다는 느낌이 든다면 내 의도가 잘 전해진 것이다.

신수의 실체가 허황된 꿈이라는 걸 부정할 사람은 없을 것이다. 오해의 산물이거나 잘못된 정보 전달의 결과거나, 그저 흥미 본위의 창작물로 시작했다. 하지만 누군가 그 모습과 이름을 남길 만하다고 생각해서 우리가 알게 되었다. 이건 상당히 이상하다. 존재하지 않는 건 없어야 하는데 역설적이게도 우리는 그게 무엇인지를 안다. 이렇게 신수가 남겨진 이유를 쫓는다면 좀 더 익숙하고 그럴듯한 신수 이야기가 나왔을 것이다. 신수가 가지는 낭만성에 초점을 맞추는 것이다. 맥의 목에 목줄을 매고 산책도 나가고, 맥과 주인공이 서로를 위해 희생하고, 인간으로 둔갑한 맥과 침대에서 사랑도 나누고. 원래의 나는 이런 이야기를 잘하기도 하고 좋아도 하는 것 같다. 하지만 이번엔 어쩐지 이상한 일 쪽에 관심이 갔다. 아마 판을 깔아 주면 놀지 못하는 청개구리 심보겠지. 그래서 내가 정한 신수는 맥이 되었고, 자연히 꿈에 대한 이야기가 되었다.

꿈 이야기는 허무하다고들 말한다. 하지만 한번 들어 보라. 나는 이런 꿈을 꾼 적이 있다. 궁전 안을 헤매다가 가장 안쪽의 방 안으로 들어섰는데 십수 미터 전면창으로 도시가 내려다보였다. 난 내가 헤맬 필요가 없었다는 걸 알았다. 눈에 보이는 모든 것이 내 것이었으니까. …그리고 꿈에서 깨어난 나는 당황스러웠다. 내 것은 다 어디로 갔지? 하지만 나는 허무감을 느끼진 않았다. 아직, 완전히 사라지지 않은 꿈의 끄트머리에서 내 마음을 향해 전능감이 새어 나오고 있었다. 덕분에 나는 알게 되었다. 내 궁전은 여전히 내 머릿속에 남아 있었고, 깨어난 상태에서도 온 도시의 주인이었다. 꿈과 현실을 구분 지으려는 내 인식 문제였다. 자아가 연속적이라는 기분으로 성립되는가? 그렇다면 반대로 우리는 꿈과 자신을 엮을 수도 있다. 사실, 다들 이미 그렇게 하고 있다. 지금 당신을 포함해서.

# 죽은 자의 영토

김주영

진묘수를 처음 본 날이 생각납니다. 전자신문에 실린 이런저런 기사를 클릭하던 중에 등장한 진묘수 사진을 보고 한참 동안 시선을 떼지 못했습니다. 신수라고 하면 백호, 청룡, 주작, 현무처럼 모습부터 멋지고 화려한 서사를 가진 존재를 떠올리던 제게 진묘수의 모습은 신선한 충격이었습니다. 오동통하고 귀여워 보이는 모습이 죽은 자를 수호하는 신수라고 하기엔 너무나 소박해 보였습니다. 무덤으로 침입하는 산 자를 막아서도 전혀 무섭지 않을 것 같은 모습으로 진묘수가 임무를 제대로 해내기는 할까 싶기도 했어요. 그런데 볼수록 묘한 매력이 있어서 언젠가 진묘수의 이야기를 쓸 수 있으면 좋겠다고 생각하며 진묘수 사진을 간직하고 있었습니다. 세상 어딘가에 있는 진묘수가 그 마음을 읽었는지 안전가옥에서 신수 앤솔러지가 기획되는 덕분에 드디어 진묘수 이야기를 쓸 수 있게 되어 기뻤습니다.

생명이 탄생한 직후를 제외하면, 죽어서 땅으로 돌아간 생명이 지구 위에 살아 있는 생명보다 늘 많았습니다. 어쩌면 인간은 죽은 자의 영토 위에 잠시 나타나서 머물다 찰나에 사라지는 하찮은 존재인지도 모릅니다. 그 찰나의 순간은 사람마다 다른 경험으로 채워지고, 그저 한순간이라고 말하기엔 너무 다양한 일들이 벌어집니다. 소중한 사람과 죽음으로 이별하는 일도 그중 하나입니다.

올해 유독 죽음으로 생긴 이별이 많았습니다. 살아서 이별한 것과 달리 아주 오래 마음이 아프고, 문득문득 생각이 나서 힘든 시간을 보냈습니다. 그 시간이 끝나고 나니 그냥 잊고 살게 되는 순간도 생겨났습니다. 어쩌면 죽은 이들이 내가 살아갈 수 있도록 조금씩 마음에서 떠나가는 것은 아닐까 생각했습니다. 이 글에 등장하는 진묘수라면 죽은 자가 평안하기 위해서는 당연히 그래야만 한다고 말하겠지요.

죽은 자의 영토인 온 세상을 홀로 수호하는 진묘수와 운명을 피해서 도망치던 무명은 모두 외로운 존재입니다. 저승에서 망나니 취급을 당하던 연라도 마찬가지이지요. 셋은 각각 이승과 저승, 죽음과 삶의 경계에 속하며 근본부터 다른 존재들이지만, 누군가를 생각할 줄 아는 따뜻한 마음을 공통으로 가지고 있습니다. 처음엔 어색해도 함께 잘 지내리라 생각합니다. 언젠가 인연이 닿아서 좌충우돌하며 생활하는 이들의 이야기를 들려 드릴 날이 오면 좋겠습니다. 이들의 만남이 담긴 이야기를 읽는 동안 즐거웠기를 바랍니다.

달팽이의 뿔

이산화

곤(鯤)과 붕(鵬) 이야기의 출전은《장자 내편(莊子 內篇)》
〈소요유(逍遙游)〉나《열자(列子)》〈탕문편(湯問篇)〉 등의 도가
경전 속 예화이다. 도가에서 이들을 예시로 듦은 곧 미미한 것들과
대비되는 거대한 존재를 논하기 위함이니, 즉 곤이란 옛사람들이
실제로 그 존재를 믿었던 동물이라기보다는 다만 한낱 미물의
정신이 가늠할 길 없는 큰 뜻에 대한 비유일 뿐이다. 〈소요유〉에서
장자는 "작은 지혜는 큰 지혜에 미치지 못한다〔小知不及大知〕"라고
하였으니 곤의 예화에서 일컫는 바가 이와 같다. 세간에서 흔히
'우주적 공포'라 일컫는 소설들 또한 천지의 광대함과 사람의
무력함을 즐겨 논하는 만큼 이러한 도가의 가르침과 얼핏 어울리는
측면이 있다고 보았다.

가장 주된 소재의 출전을 따라, 작중의 구절 중에도 마찬가지로
《장자》에서 가져온 것이 적지 않다. 침어낙안(沈魚落雁),
도룡지기(屠龍之技), 학철부어(涸轍鮒魚), 백구과극(白駒過隙),
포정해우(庖丁解牛), 호접지몽(胡蝶之夢), 정저지와(井底之蛙),

혼돈사칠규(渾沌死七竅), 와각지쟁(蝸角之爭) 등이 이에 해당한다. 인용한 구절 각각의 맥락과 의미는 물론 본래와 전혀 다르니, 고전을 인용한다는 것이 으레 그러한 법 아닐까 한다.

　　이름에 대해 말하자면 흑삼릉(黑三稜)은 부들의 일종이며, 봉안람(鳳眼藍)은 부레옥잠을 일컫는다. 능엽(菱葉)은 마름의 잎을 말하고 택사(澤瀉)는 쇠태나물을, 부평(浮萍)은 개구리밥을, 검실(芡實)과 연화(蓮華)는 가시연의 종자와 연꽃을 각각 뜻하니 모두 물풀의 명칭이라는 점에서 상통한다. 곤에 비하면 물풀은 지극히 미미한 존재라, 곤이 헤엄을 시작한다면 제아무리 억센 물풀이라도 가장 부드럽고 연약한 물풀과 똑같이 휩쓸려 찢길 것이다. "천지는 어질지 않아 만물을 짚으로 만든 강아지처럼 여긴다〔天地不仁 以萬物而爲芻狗〕"라는 노자(老子)의 말이 이와 같다고 하겠다. 그처럼 어질지 않은 자연 앞에 인간의 노력이 헛되이 부서지는 이야기를 보고 싶었으므로 이 글을 썼다. 때때로 마음이 그러한 이야기를 원하는 까닭이다.

프로듀서의 말

안전가옥의 픽픽 시리즈 일곱 번째 작품인《원하고 바라옵건대》는 각기 다른 시대와 공간을 배경으로 인간과 신령한 동물이 만나 벌어지는 이야기를 모았습니다. 또 다른 픽픽《우먼 인 스펙트럼》의 기획자이기도 하셨던 이수현 작가님의 제안에서 시작해, 안전가옥이 지향하는 이야기의 색깔을 더하여 책을 완성하게 되었습니다.

김보영 작가님의 〈산군의 계절〉은 동천왕의 어머니인 후녀와 백호의 길고 긴 인연을 다룹니다. 작가님과 첫 만남 때 백호의 후녀 육아기를 쓰시겠다고 가볍게 말씀하신 것에 비하면, 이 이야기가 담고 있는 후녀의 녹록지 않았던 생애와 그의 생에 대한 의지는 참으로 크고 당차서 말을 잃게 만듭니다. 200여 년간 한 나라의 안위를 위해 전장에도 나가고, 길고 긴 혈통 전쟁을 봐 온 백호이지만, 어느 누구에게서 본 적 없는 후녀의 기백에 두 손 두 발을 듭니다. 그리고 이어지는 백호의 능청스러움! 백호가 후녀의 거짓부렁인 말에 힘을 실어주기 위해 '몸을 곰실곰실 움직여' 후녀에게 후광이 비치도록 하는 대목에서는 마치 백호와 내가 서로 눈을 찡긋하며 삐져나오는 웃음을 참은 것만 같은 기분이 듭니다. 이야기의 시작과 끝에는 고구려 11대 군주 동천왕에 관한 《삼국사기》가 덧붙어 있습니다. 동천왕의 역사 한 토막까지 읽고 나면 후녀의 '살고자 함' 앞에 이길 자가 없었다는 것이 더욱 크게 와닿습니다.

위래 작가님의 〈맥의 배를 가르면〉은 나름의 질서를 갖고 있는 현실과 갈라진 맥의 배에서 흘러나온 꿈이 뒤섞인 세계를 그리고 있는 독특한 작품입니다. 죽음을 갈망하는 '나'와 한 번쯤 제대로 살아보고 싶은 '너'라는 구도는 맥의 배를 중심으로 주머니처럼 뒤집힌 '꿈'과 '현실'이라는 것과 자연스럽게 대응됩니다. 본래 하나이지만 중심을 갈라 뒤집으면 너와 나, 꿈과 현실로 나뉘는 것. 경계가 있다고 믿었지만 막상 뒤집힌 세상을 보고 나면 무엇이 나이고 너인가, 무엇이 현실이고 꿈인가를 알 수 없게 되는 지점이 매력적입니다.

이수현 작가님의 〈용아화생기〉는 승천을 꿈꿨던 용아가 한 인간의 죽음을 겪은 후 비로소 승천하게 되기까지의 이야기를 담고 있습니다. '규'라는 인물과 용아의 관계를 좇아 이야기를 읽다 보면, 용아가 어서 규의 소원을 들어줄 수 있는 용이 되기를 바라게 됩니다. 그러나 인간인 규의 삶과 신수인 용의 생은 공존할 수 없다는 것을 알게 됩니다. 용아는 인간사의 희로애락을 한꺼번에 배우는 것처럼, 이제껏 겪어 본 적 없는 감정의 소용돌이를 거친 후 이 땅에서의 기억을 잃고 승천합니다. 이 이야기는 신수와 인간이 근본적으로 다른 존재이기에 더욱 슬프게 다가옵니다. 규의 죽음을 가장 슬퍼해야 할 용이 더 이상 슬퍼하지 않기에, 이제 이 슬픔은 인간의 일이 되어 버렸기에 더욱 슬퍼집니다.

김주영 작가님의 〈죽은 자의 영토〉는 무덤을 지키는 신수로 알려진 진묘수가 '죽은 사람의 평안을 지키는' 슈퍼 집 할머니 캐릭터로 재탄생한 이야기입니다. 산 사람을 위한 것이 아니라 저승에서 '살아갈' 사람들을 위해 산 사람의 미련을 끊어 내려 노력하는 존재가 있다는 것이 흥미롭습니다. 이 이야기에는 이승에서 저승을 위해 살아가는 진묘수, 이승에서 숨어 살아가는 무명, 저승에서 천덕꾸러기 취급을 받는 연라가 등장합니다. 이 세 인물은 모두 이승에서도 저승에서도 온전히 속하지 못한 외로운 인물들입니다. 그렇기에 이야기의 말미에 대안 가족을 연상시키는 세 사람의 밥상 대화가 마음을 따뜻하게 만듭니다. 나아가 우리가 저승에서 살아가는 누군가의 평안을 방해하지 않으려면 어떻게 그들을 추억해야 하는지, 어떻게 하면 '평범한 사람'으로 살아갈 수 있을지 고민하게 합니다.

이산화 작가님의 〈달팽이의 뿔〉은 장르적으로 코즈믹 호러 범주에 속하는 작품입니다. 이 작품은 아주 거대한 것을 흑삼릉에게도, 독자인 우리에게도 직접 보여 주지 않습니다. 자신이 목격한 붕의 '일곱 배'나 큰 붕을 가라앉힐 수 있는 기술에 '도룡칠규'라 이름 붙인 자신만만했던 봉안람만이 그것을 목격합니다. 프랙탈 구조를 따르며 바닷속 붕의 크기를 가늠해 가다 보면 그것의 거대함이 어느 정도일지 '짐작'되더라도, 우리 모두가 상상할 수 있는 가장 큰 크기를 떠올릴 수 있을 뿐 봉안람이 느끼는 공포까지는 도달하지 못할 것입니다. 공포와 좌절을 느낀 봉안람, 그리고 그 공포에 이르지 못한 흑삼릉 모두 '거대한 것' 앞에 놓인 작은 인간임을 깨닫게 합니다.

수록된 다섯 편의 이 짧은 이야기들은 저마다 굵직한 테마를 '척척' 담고 있습니다. 최근 들어 내일을 어떻게 살까보다는 오늘 뭘 먹을까를 고민할 때가 많았던 저에게 이 작품들은 좀 더 큰 울림을 주었습니다. 참 멋진 이야기라고 생각하며 읽었습니다.

인간이 할 수 없는 것들을 해내고 인간과는 다른 방식으로 살아가는 신수가 등장하기에, 반대로 여러 층위의 인간적인 고민을 하게 되는 이야기입니다. 그래서 지금까지와는 조금 다른 마음을 먹고 살아야겠다고 다짐하게 됩니다.

독자 여러분께는 이 다섯 편의 작품이 어떻게 다가갈지 궁금합니다. 부디 즐겁게 읽으시고 종종 다시 떠오르는 이야기가 되길 바랍니다.

좋은 제안을 주시고 함께 참여해 주신 이수현 작가님과 멋진 이야기를 써 주신 김보영 작가님, 김주영 작가님, 이산화 작가님, 위래 작가님 모두 감사합니다.

안전가옥 스토리 PD
이은진 드림

원하고 바라옵건대

기획  안전가옥
콘텐츠 총괄  이지향
프로듀서  이은진
          고혜원, 김보희, 신지민
          윤성훈, 이수인, 임미나
퍼블리싱  박혜신, 임수빈
편집  김유진
디자인  금종각(이지현, 최세은)
서비스 디자인  김보영
비즈니스  강윤의, 이기훈
경영지원  홍연화

펴낸이  김홍익
펴낸곳  안전가옥
출판등록  제2018-000005호
주소  04779 서울특별시 성동구 뚝섬로1나길 5,
      헤이그라운드 성수 시작점 201호
대표전화  (02) 461-0601
전자우편  marketing@safehouse.kr
홈페이지  safehouse.kr

ISBN  979-11-93024-42-3 03810
초판 1쇄  2023년 12월 15일 발행